ちくま文庫

翻訳はおわらない

野崎 歓

筑摩書房

翻訳はおわらない　目次

翻訳はおわらない

まえがき

ぼくは「プロの翻訳家」になるために、何か特別な訓練を受けた人間ではない。だが中学校以来受けてきた学校での外国語教育が、翻訳の仕事に向かう土台を作ってくれたことはまちがいない。何しろそこではつねに、訳読が重要な要素となっていたのだから。英語の授業では次の文を訳してみなさいと言われ続けてきたのだし、大学で文学部仏文科に進み、さらに大学院に入るに至って、当てられて訳すフランス語の分量はどんどん増していった。そのあげくフランス語、フランス文学の教師になり、今度は自分が授業で学生に当てて訳させている。そして家に帰るとまるごと一冊の本を相手に翻訳に取り組む。何とも訳読づくし、翻訳専門の人生になってしまったわけだ。

翻訳者は作者との同一化をめざす。近代日本文学のパイオニアたちによれば、それこそが翻訳者の心得るべき態度だった。「行住座臥、心身を原作者の儘にして」訳す。「是れ實に飜訳における根本的必要条件である」と二葉亭四迷は述べている（「余が飜訳の標準」）。森鷗外は「作者がこの場合にこの意味の事を日本語で言うとしたら、どう言うだろうか」と思ってみて、そのとき心に浮かぶまま訳したと『ファウスト』翻訳について語っている。これもまた「心身を原作者の儘に」した例だろう。そうした真摯な構えは、現代の翻訳家たちにまで脈々と受けつがれている。

とはいえぼくの場合は、原作者と自分を同一視するという以上に、むしろ翻訳者たちへの憧れや同一化のほうがモチベーションとなり、この道を選ぶことになったような気もするのである。それは翻訳者の存在がちゃんと目に見え、おもてに出ている日本ならではの事態だったかもしれない。世界文学全集のたぐいを読むのに深入りしていったころ、そこに顔写真つきで紹介されている訳者の先生たちにおおいに興味を惹かれた。そのなかには翻訳ばかりでなく、文学や映画について評論を書いたり、詩や小説を発表したりしている人が多く含まれていた。文学、芸術との多面的なつきあい方が何ともうらやましく思えた。そして翻訳とはそうしたいろいろな方向に開かれた仕事であるに違いないと考えたのだった。

そんなふうに信じ、訳し続けて何十年もたってしまった。その結果、すべては翻訳の延長線上にあると実感している。自分の場合がそうだというばかりではない。ひょっとすると人間の営み、文化全般はことごとく、翻訳という一事を基盤として、互いが互いをせっせと訳しあう中から立ち上がってきたのであり、そうやってたえず更新され続けているのではないかとさえ思える。決定的な啓示が分子生物学によってもたらされている。生物のタンパク質は、ヌクレオチド配列からアミノ酸配列への「翻訳」によって生み出されるのだという。つまり、われわれの体を構成する細胞の一個一個に至るまでが、日々、懸命に翻訳を続けている。生命を可能にしているのは、何者かの発する、翻訳せよという命令なのである。

そんなふうに大風呂敷を広げたい気持ちに駆られつつ、しかしまた同時に日々、目の前のより具体的な課題、編集者の懇願や命令に応えようと、とにかく自分に向かって翻訳せよと命じつつ暮らす。それが翻訳家の日常である。もちろん、訳出に精を出すかかわりにこのような漫筆に嬉々《きき》としてふけるうちに、約束した仕事は停滞しがちであり、翻訳の道なお遠しの感は深い。同時にまた、何を観ても、何を聴いても翻訳を思い出し、翻訳を考える。そういう習慣がいつしか身についてしまっている。

以下に読まれるのは、そんなわが翻訳人生のうちの約二年間の記録である。もし「二年間の休暇」だったなら、それはジュール・ヴェルヌ作『十五少年漂流記』の原題であり、孤島に流された少年たちの波瀾万丈の冒険が語られる。しかし翻訳家とは悲しいかな、孤島に流されても結局は日々、翻訳でもしてすごすほかないような種族だろう。とはいえ、それをエッセーに綴る機会を与えられたおかげか、筆者にとってこの二年間は思いがけずも、特別な二年間となったのである。

一翻訳家の身に起こる椿事《ちんじ》の数々、その心に浮かぶ想念のあれこれが、寛大なる読者の微苦笑を誘わんことを。そしてまた本書が、翻訳文学に対するみなさまの興味をいささかなりとも呼びさます一助となりますよう。

1　翻訳の大いなる連鎖

渚にて

思い出ばなしから始めよう。ぼくが育った町は松波町といった。名前のとおり、松の生い茂った林を抜けていくと、そこは砂浜だった。砂鉄を含んだ黒い砂に波がひたひたと打ち寄せ、白い泡が扇のかたちに広がっていた。

普段、ことさら意識しているわけではなくとも、海の気配がつねに漂っている。そんな場所で少年時代を過ごせたのは、いまから思うと幸せなことだった。プールの水の味を知るよりも先に、はだしで踏む砂の熱さと潮の苦さを覚えた。冬になると、ときにかなりの雪が積もる土地柄でもあった。晩秋から春先までは、重く鈍い曇天によって延々と頭上がふさがれてしまう。そして雪やみぞれ、雨が落ちてくる。青空にはめったに恵まれない。当時は裏日本と呼ばれていた、日陰の風土だったからこそ、夏の光は美しく、焼けつく暑さすら嬉しく、そして海の水はさわやかだった。

書物の世界が目の前に開け始めたころ、とりわけ翻訳書のたぐいに親しみ出したころを思い返すと、渚の記憶が一緒になってよみがえってくる。あまり戸外で過ごすこともない長い冬こそは読書に最適の季節だったはずなのだから、いささか不思議ではある。初めて読んだ大人向けの翻訳書は何だったかと振り返ってみると、それはおそらくヘミングウェイの『老人と海』だった。年老いた漁師がひとり、巨大なカジキをサメの攻撃から守ろうと奮闘するメキシコ湾の広がりを、ぼくは近所の海とつながるものとして思い描きながら読み進めた。

さらに記憶をたぐり寄せてみると、初心の読書で重要だったのは、物語の内容に対する興味をときにはしのぐくらいに、文章それ自体が示している表情に対する関心であり、世界はこんなふうに描き出すこともできるのか、という驚きの念だった。ヘミングウェイのほかの作品にも手を出してひとしきり堪能しながら、しかしまもなく出会ったカミュの諸作によってこそ、自分がいま、これまで読んできた本とはまったく異なる何かと出会っているという興奮を覚えた。実存や反抗といった主題を超えて、というよりもそのはるか手前で、『異邦人』の太陽と浜辺は未熟な読者の心を打った。カミュの書く文章自体がもたらすとしかいいようのない感覚的な手応えにぼくは興奮したのだった。

『異邦人』をはじめとする代表作ばかりではなく、たとえば『太陽の讃歌』（高畠正明訳）という邦題のつけられた、カミュの若いころの手帖の記述などにぐっとくるものを覚えて、鉛筆で線を引きながら熱心にページを繰《く》ったのである。

「世界は美しい。そしてすべてはそこにある」

「ぼくは、生きることへの愛しか語らぬだろう。それも、ぼくなりのやりかたで語るのだ……」

貧乏と病と孤独に深く身をむしばまれながら、若い作家の書きつける言葉はなぜこんなにも肯定的で強靭なのか。

「それぞれの人生にたいする失望から彼らは芸術作品を生むだろう。……けれどもぼくが、ぼくの書いたものが生みだされるのは、ぼくの幸福からなのだ。たとえそれがなにか残酷なものをもっている場合ですらそうなのだ。あたかも泳がねばならぬときのようにぼくは書かねばならない。なぜなら、ぼくの身体がそれを必要としているからだ」

泳がねばならないときのように書く、そんな書き方があるのだろうか。残酷であってさえ幸福な創造とはなんだろう。当時読んだときに、そのいわんとするところが摑みとれたとはいえない。だが、それよりも自分の「身体がそれを必要としている」ような種類の文章がここにあると感じられたことのほうが、はるかに重要だった。その文章の顔立ちは、自分の日常をとりまく言葉のそれとはおよそ異なっていた。自らの心のうちと照らし合わせて共感をかきたてられながらも、しかし同時に、それは未知なるものに対する共感であるという気がした。

「光がふるえる湾——それはまるで濡れた唇のようだ」

そんな風に青年カミュは書きつけている。あるいは

「さざ波ひとつ立たない海原《うなばら》が、青い歯を見せて微笑みかける」

とも。

わかる、と感じながらも同時に、ここで描かれている海原は自分の知っているのとは別物だとも思わずにいられなかった。それはまったく別様のヴィジョンの中の海であり、海をこんな風に言語化するとは考えもつかないことだった。奇妙に生硬で、しかし確固とした映像を伝え、どこか官能的でもある。新鮮な言葉遣いをとおして、海とポエジーが一瞬、まばゆく結合する。

カミュの手帖にはこんな一節もあった。

「異郷の地で、太陽が丘の上の家々を黄金色《こがねいろ》に染めている。故国で同じような光景を前にするときよりもずっと強烈な感情だ。太陽だって、同じ太陽ではない。ぼくにはよくわかっている、同じ太陽ではないということが」

そんな風に「異郷」に身を置くことは、翻訳の読書によっても可能になるはずだった。カミュの思考を支えている太陽は、松波町からは想像もつかないくらい遠く隔たった土地を照らす、異なる太陽である。しかも、その遠さを超えて到来したからこそ、カミュの文章は特別の硬質さをたたえて、きらきらと輝いているように感じられたのだ。

光を放つ書物

本のページは光を放っていた。とりわけ、ある種の翻訳書の輝きはティーンエイジャーの目をくらますに十分だったのである。それはいったいなぜなのか。そのころのぼくを強力にとらえた忘れがたい一冊に『月下の一群』がある。堀口大學の訳詩集。ページを開けると、聞いたこともないフランスの詩人たちの作品がずらりと並んでいた。予備知識などいっさいないまま、ぼくは砂浜に打ち上げられた色鮮やかな貝殻を拾うようにして、その一つ一つを手にとって飽かず眺めた。実際それは愛《め》でるに足る、小さな宝物の一大コレクションだった（以下、当時の新潮文庫版から）。冒頭におかれているのはポール・ヴァレリイの「蜂」という詩。

褐色《かちいろ》の蜂よ、汝《な》が針
かくも鋭く、かくも毒あるも

という文語体の第一印象は少し古めかしいとはいえ、続く一節は「美しき瓢《ひさご》に似たる乳房をば刺せよ、蜂、」などとたちまち艶めかしい展開を見せ、その手の刺激に敏感になっていた青二才読者の注目を大いに喚起してくれた。続く「風神」という一篇に、「人は見ね　人こそ知らね／シュミーズを替うるつかのま／あらはなる乳房《ちぶさ》さながら！」とあるのを見るにつけ、ポール・ヴァレリイの名が——二十世紀を代表する「主知的」詩人なのだという知識はのちに加わったものの——ど素人の少年の脳裡に乳房の詩人として刻みつけられてしまったのはしかたあるまい。もちろん、名編「失はれた美酒」の

美酒《びしゆ》少し海へ流しぬ
「虚無」に捧ぐる供物《くもつ》にと。

というしぐさの優雅で知的なダンディぶりにも、わけもわからず痺れたのだったけれど。

そんなヴァレリイの後にはアポリネールが来る。
「海豚《いるか》よ、君等は海の中で遊ぶ、／しかしそれにしても、潮水《しほみづ》はいつも苦いことだ。

／時に私によろこびがないではないが、／どのみち人生は残酷だ」（「海豚」）

ぐっと親しげなその調子に惹きつけられる。口語体の歯切れよさを楽しみながら読み進めると、アンドレ・サルモンの「ダンス」（「しかしそれにしてもそれは／終りのないダンスだつた。」）やマックス・ジャコブの「地平線」（「彼女の白い腕が／私の地平線のすべてでした。」）の詩句が、いよいよしどけなく語りかけてくる。そして、砂の上に書いたイニシアルより先にぼくらの恋は消えるだろうと歌うラディゲの詩（「イニシアル」）を過ぎると、いよいよ中学生読者のお気に入り、ジャン・コクトーの作品の登場である。とりわけ「バットリイ」の響き高い調子に酔わされた。冒頭を抜き出すとこんな詩だ。

太陽よ　僕は君を崇《あがめ》る
野蛮人のやうに　海岸に腹這つて
太陽よ　君は自分の三色版《クロモ》に
自分の果物籠に　自分の動物達に光沢《つや》をつける

僕の肉体を鞣《なめ》して呉れ　塩漬にしてくれ
僕の大きな苦悩を追ひ出してくれ

こんな具合に太陽を相手どっての一種の祈りが、二行ずつ延々と繰り広げられていくのだが、語り口がきっぱりとして爽快で、何とも心地よいリズムを刻んでいる。続いてこんな連句もある。

歯の光るあの黒奴《くろんぼ》は
外側が黒く、内側が桃いろだ
僕は内側が黒く　外側が桃いろだ
逆にしてくれ

二十一世紀の現在では自己規制を迫られるような表現だけれど、コクトーの場合、これが差別的意識に根ざす表現だという気はまったくしない。むしろ当時、激しくロックミュージックにも惹きつけられつつあったぼくにとっては、黒人音楽へのむやみな憧れに衝《つ》き動かされて歌を歌い、ギターを弾くロックミュージシャンたちの心情に重ねて素直に読める一節とさえ思えた。そもそも、体の内側と外側を「逆にしてくれ」なんて無茶な願いの表明は、自分の心身が何やら深刻な変化の一時期にさしかかっている兆しをひしひしと感じていた思春期の少年にとっては、実に痛快だったのである。

しかもここにはやはり太陽があり、海があった。やせっぽちのぼくは、浜辺にねそべった痩身の若者として詩人の姿を思い浮かべた。さまざまな未知の欲望が身のうちに高まるのを覚えながら、ぼく自身も砂浜に寝そべって、自分のテーマソングのように「バットリイ」を打ち鳴らしていたのだ（「バッテリー」に似たこの単語に――「蓄電池」の意味にもなれば「砲列」とも取れる多義的な語をカタカナのままに残した訳者のやり方は許されるだろう――「打楽器」の意味もあるということを知ったのは、はるか後年になってからだ）。

重ねていうけれど、コクトーだのヴァレリイだのといった人たちについて、何の知識も持ち合わせてはいなかった。『月下の一群』という文庫本のタイトルがいかにも魅力的に思えて買い求めただけの話だった。実際には月光よりも、陽光の煌《きら》めきを湛える詩群にぼくは魅《ひ》かれた。詩の言葉がページを明るく光り輝かせていた。それがすべて翻訳であるという事実の重みをそれほど認識していたはずもないし、訳者・堀口大學が何者かも知らなかった。ただ、一巻の「あとがき」の文章にはいたく感銘を受けた。

これらの訳詩は「すべて文字どほり、つれづれの筆のすさびになつたものだつたのだ」と訳者は書いていた。「何のあてもなく、ただ訳してこれを国語に移しかへる快楽の故にのみなされたものだつた」。「筆のすさび」などといういいまわしにはここで初めて出会ったのだが、それ以上に「快楽の故にのみ」というくだりに目を引かれた。続いて訳者は「美しい詩章は美しい恋人のやうに、愛すべきものだ。私は愛人の新鮮な肌に触れる時のやうな、身も世もあらぬ情念《ヴォリュプテ》をこめて、愛する詩章に手を触れた。それがこれ等の訳詩である」と記していた。

思えばこの数行こそは深甚な教えを含んでおり、その影響はのちのちまで尾を引いたのだ。〈美しい恋人＝翻訳＝ヴォリュプテ〉。その三位一体は何かとてつもなく魅惑的なものとしてぼくの行く手を照らしているように思えた。

世界文学の浜辺

本が好きになり、とりわけ翻訳書が大好きになって、くだんの三位一体に仕える境地にあこがれるがまま、大学では仏文科を選び（というより仏文科に入るために文学部を選び）、そのままわが人生は三十年以上も過ぎてしまった。自分としてはごく自然にこの道を歩んできたつもりだ。でもそれが実はまったく特殊な、酔狂な道だったのかもしれないという意識はさすがにもっている。とはいえそんな人間にとってどうにも解《げ》せないのは、翻訳文学に興味がない人たちが大勢いるのはまだしも、いわば積極的に翻訳を嫌い、遠ざける人たちがいるという事実である。

翻訳論なる講義を担当させられていたころ、好きな翻訳書を一冊あげてくださいと学生諸君にアンケートを試みると、翻訳書は読まないようにしていますという回答が必ず含まれているのには心底、驚かされた。翻訳は本物ではないし、誤訳がつきもので、間違いがあるとわかっている本を読むのはいやだから読まない。そうきっぱり記す学生がいるかと思えば、自分は日本文学が好きなので外国のものは読まないと綴る学生もいた――それでもなぜか翻訳論の授業を取ってくれたのはあっぱれだが。翻訳物はとっつきにくいからとか、人名や地名が覚えられないからといって敬遠するのではなしに、翻訳は根本的にダメなのだと断言する学生たちの存在に、教師は内心ひどく動揺させられた。翻訳はインチキだから認めないなんていわれたら、ぼくなどは人間として否定されるも同然なのだ。

『月下の一群』を手始めとして、翻訳で読んだボードレールやランボーやアンドレ・ブルトンがあんなにもかっこよく、歯ごたえがあったからこそ、そしてまた翻訳で読んだスタンダールやバルザックやセリーヌがあんなにもおもしろかったからこそ、自分でもいつか翻訳をやりたいと夢見ながらフランス語学習に励んだのだ。それればかりではない。そもそも文学には「国語」に限定されない驚くべき広がりと豊かさがあり、想像もつかない多様さがあるという事実をティーンエイジャーですらまざまざと感受しえたのは、翻訳があるからこそだった。さまざまな翻訳者たちの仕事のおかげで、世界文学の刺激的な作品群が一地方都市の浜辺にまで打ち寄せてきていたのだ。

翻訳は大いなる連鎖をなしている。作者と訳者と読者のそれぞれが、鎖の輪をかたちづくって海を越えていく。その連鎖に加わり続けたいと願わずにいられようか。

そもそも、「国産」のものしか読まないなんて、どうしてそんな制約を自分に課そうとするのか？　私たちを育んでくれるもの、大きくしてくれるものは何であれ、摂取すべきなのだ、と小気味よく断言するのは作者ナンシー・ヒューストンである。六歳の子どもたちが二十世紀史を縦断していくあの驚くべき小説、『時のかさなり』（横川晶子訳）の作者である彼女によれば、「翻訳すること」、それこそが必要なのだ。いわく、「翻訳家は裏切り者ではない」。それどころか翻訳こそは裏切らないための唯一の方法であり、翻訳しか真なるものはない。翻訳すること、永遠に翻訳し続けること。ドストエフスキーもリルケもソフォクレスもガルシア＝マルケスもラーゲルレーヴ（『ニルスの不思議な旅』を書いたスウェーデンの女性作家）もなしで、一体私の人生はどうなるだろう？　私は彼らの翻訳者たちに、永遠に感謝し続けよう……。

そんな思いは、ナンシー・ヒューストンにおいて、文学へのパッションとわかちがたく結びついている。以下は二〇〇八年秋、東大駒場キャンパスでの講演の一節である。

「私は文学を愛しています。その広大さ、多様さを愛しています。（……）あらゆる優れた小説は一つの奇蹟です。私には小さな奇蹟、中くらいの奇蹟、大きな奇蹟のどれかを選ぶことができるということ、もっぱら個別的な事柄を語る奇蹟と、普遍的な事柄を語る奇蹟とのあいだで選択の余地があるということが好ましいのです。世界のあちこちで、作家にとっても読者にとっても、文学が異なる役割を演じ、異なる欲求に応えているという状態が望ましい。自分には好きになれない本があり、それを実に多くの人たちが褒めそやしている、ということさえ、私には好ましく思われます！　文学においてはいっさい何のリミットもないというのが私は好きです……」

うるわしのナンシー

こうやって講演の言葉を書き写していると、あの夜の彼女の雄姿が目に浮かび、熱っぽい口調がよみがえってくる。「バイリンガリズム、エクリチュール、自己翻訳――その困難と喜び」というタイトルこそ取っつきが悪いけれど、英仏二カ国語で作品を発表する、二言語を同時に生きる作家として味わってきた「困難」と「喜び」をたっぷりと語り、とりわけ翻訳文学への圧倒的な信頼を訴えるその内容に、ぼくは感動を禁じえなかった。一時間以上におよぶ講演の最後は、こんな言葉でしめくくられていた。

「翻訳は、裏切りではないというだけではありません。それは人類にとっての希望なのです」

これ以上の翻訳論はないだろう。本当によくぞ言ってくれた、と彼女の脇で通訳をなんとか務めおおせて息もたえだえの状態ながら、ぼくは歓喜に浸った（このときの講演の拙訳は、「新潮」二〇〇八年十二月号に掲載されている）。

講演会場をあとにして、キャンパス内のレストランに場を移し、有志でナンシーを囲み四方山《よもやま》話に花を咲かせた。その会食の最後に、ちょっとしたできごとが起こった。十月の気持ちのいい宵で、店のテラスに出るガラス扉は開け放たれていた。幹事役のぼくは、まとめて勘定を払うためにレジに行き、席に戻ってきてふと気がついた。上着がない。途中で暑くなって脱いだ上着を、椅子の背にかけておいたはずなのに、見当たらないではないか。居合わせた人たちもいっしょに探してくれるのだが、いっこうに出てこない。捜査は難航し、ぼくは焦燥感を覚え始めた。そのとき、テラスで食後の一服を愉しんできたらしいナンシーが、何だか女優然とした優雅な風情で戻ってきた。その姿を見てぼくは脱力した。椅子の背にかけておいたぼくの上着を、隣の席に座っていた彼女はテラスに出がけに、勝手に肩にはおっていたのである。

そんなお茶目な女性作家のふるまいは、いまにして思えば彼女の講演の内容とつながっていたのかもしれない。日本語で翻訳をおとしめていう、あるいは翻訳家がみずから謙遜をこめて用いたりもする「ひとのふんどしで相撲を取る」という言い回しがある。かつて、初対面の偉大なドイツ文学者と同席して、先生のご高訳はかねて拝読しておりましたとしどろもどろのあいさつをしたとき、「翻訳なんてのはしょせん他人のふんどしですから」と切り返されて二の句が継げなかったことを思い出す。しかしながら、自分の通訳の上着を勝手にはおってしまうナンシーの闊達さは、「ひとのふんどし」だって別に気に病む必要はないとぼくらを力強く励ましてくれるものではないだろうか。ふんどしと上着は全然、別物だと言われてしまえばそれまでではあるが。

ハツカネズミと訳者たち

かつて翻訳書がもたらしてくれた驚きと喜びを、自分も新しい読者に送り届けられたならと願いながら、きょうも机にへばりついている。ボリス・ヴィアンの『うたかたの日々』。大学受験を控えたころだろうか、一読してその魅力に感じ入った作品だった。一九七〇年代に二人の訳者による邦訳が出てから、もう三十年以上が経過している。いまだに愛読者の多い作品だけれど、ぜひとも二十一世紀のヴィアンを生み出したい、などといつもながら身のほど知らずの大それた望みに取りつかれて、懸命に取り組んでいる。

ここでもまた、読書は光の体験であり、読者は文章から伝わってくる輝きを存分に受けとめるのでなければならない――つまり、読者がそんなふうに享受できるような訳文に仕上げなければならない。主人公の心やさしい青年コランは日の光が大好きで、家のガラス張りの廊下は「左右どちらからも太陽が射して」いるくらい。そこらじゅうに「念入りに磨かれた真鍮の蛇口」が造りつけてあるのも、蛇口に陽光が当たって「夢のようにきれい」な様子を演出するためだ。そしてコランにも負けず陽光を愛する者たちがいる。ハツカネズミである。

「キッチンにいるハツカネズミたちは、蛇口に太陽光線がぶつかって立てる音に合わせて踊るのが好きだった。そして太陽光線が床で砕け散ったときにできる小さな玉の後を追って駆けまわった。それはまるで黄色い水銀が飛び散ったみたいだった」

ヴィアンの兄貴分だったレーモン・クノーは『うたかたの日々』を評して「現代の恋愛小説中もっとも悲痛な小説」と述べた。その悲痛さは、明るいきらめきに満ちた夢幻的な環境の中に忽然と立ち現れるからこそひときわ増すのである。そもそも、コランとクロエが出会って結婚するまでは、これほど愉快ないたずらに満ちた物語も珍しい。もちろん、死や暴力のイメージも最初から随所に顔を見せるとはいえ、たとえばこの無邪気に踊るハツカネズミたちの愛らしい姿は、冒頭からぼくらをなんとも和《なご》ませてくれるではないか。

だが、作品論に踏み込むはるかに前の地点で、翻訳者はいうまでもなく、できるだけ忠実に、愚直に、横のものを縦に移すことを任務とする。そのとき、テクストをさっと読んでいたのでは引っかかってこないような問題に足をすくわれる。そこにも翻訳の面白さがある。たとえばくだんのハツカネズミだ。

黒の口ひげがトレードマークの、細い体につやつやとした毛並みの一匹は、『うたかたの日々』の中で重要な役割をになっている。コランの暮らしを間近で見守る妖精というべき存在だけれど、コランの人生が崩壊し始めたとき、ハツカネズミは自らの無力をかみしめるほかはない。輝きを失ったタイルを磨こうとして前脚を痛め、松葉杖をついて歩くその姿は、作品の悲劇的なゆくえを痛切に指し示す。やがて全編の巻末にいたり、それまでひと言もせりふのなかったハツカネズミはついに口を開き、言葉を発する。翻訳の第一稿を作る作業の最後までできたとき、その名場面に心ふるわせ、目に涙がにじむのを覚え、残酷な甘美さに陶酔しながら、ぼくはふと我に返った。

このハツカネズミの性別はいったいどっちなんだ？　男の子、それとも女の子？

うかつにも、この子が初めてせりふをいうそのときまで、そんな重大問題を意識せずにきてしまったのだ。しかし性別が定まらないことには、口調が決められない。いうまでもなく、日本語において男女の言葉には歴然とした差異がある。そこであわてて既訳を開いてみる。調査の結果、判明したことは――

新潮文庫版『日々の泡』（単行本は一九七〇年刊、曾根元吉訳）では、終章、ハツカネズミは猫に向かってこんな風に話している。「「それはよくないわ（……）わたしはまだまだ若いし、つい近ごろまでたっぷり食べていたのよ」」。つまりこれは、女の子。

早川文庫版『うたかたの日々』（単行本は一九七九年刊、伊東守男訳）での語り口は「「ばかだなあ、おれはまだ若いし、死ぬときまでずっとうまいものばかり食っていたんだぞ」」というわけでこちらは、男の子。

　二人の訳者の手を経るあいだに起こった、この性転換は何を意味しているのか？　いささか狼狽するのだが、そういえば物語の中盤で主人公が、立派な口ひげなんかはやしちゃってとハツカネズミをからかう場面があったっけ。あれはこの子がメスであるからこそ活《い》きてくるせりふだったのか？　もちろん、ハツカネズミはフランス語でユヌ・スーリ、つまり女性名詞である。それはまあ、ハツカネズミに関してフランス語ではたまたま、雄雌ともに一括して女性名詞扱いになっているというだけの話で、個々のハツカネズミの性別はまた別の問題であり、フランス人にとってもミッキーマウスが男であることに変わりはない。とはいえ、もともと女性名詞ということは、根本的にハツカネズミはスウィートな愛らしい動物であるとみなされ、「女性視」されがちであるということをも意味しているのか？　とするとヴィアンのハツカネズミは女の子として扱った方がいい？

　そんな懊悩を知り合いのフランス人に赤裸々に語り聞かせたところ、相手はまるで狐につままれたような表情で呆《あき》れている。ヴィアンのあの小説に出てくるスーリ？　そんなの悩む必要あるの？　だってメスに決まってるじゃない。そりゃミッキーマウスならオスだけど、あのスーリはメスよ。疑ったこともなかったわ！　翻訳者ってすごいこと考えるのね！

とんちんかんな質問がよほど驚きだったのか、彼女はわざわざパリの知人に問い合わせてくれた。何と、ボリス・ヴィアンの遺族とつきあいのある人物だという。その結果もやっぱり、疑いの余地なく、メス。あれはドブネズミじゃなくてハツカネズミ、きれいでかわいい妖精ちゃんでしょう？　だから女の子で間違いないんですとのお答えだった。

妖精にも男はいるのではないか、と食い下がる気はもちろんない。ネイティヴ読者たちの断固たる調子が何よりも雄弁に、これが彼らにとって自明の事実だったことを物語っている。だから拙訳では、ハツカネズミはこんな風に話すことになるだろう――「わたしはまだ若いし、最後の最後までちゃんと食べさせてもらってたのよ」。

実は、ただでさえ悲しい最後の対話なのに、女の子に演じさせるといよいよ辛くなるので、ぼくはいわば本能的に男言葉で訳文を作っていたのだけれど、腹をくくるほかはあるまい。美しいもの、愛らしいものがすべて壊れていき、喪われていくのがヴィアンの世界だ。ハツカネズミにはうんとかわいい言葉遣いをさせてラストを迎えることとしよう。

それにしても、拙訳を加えて三とおりの日本語訳の文章は、右に見た一カ所だけを取ってもずいぶん違うし、一行のうちにすら、かなりの解釈の違いを含んでいる。あくまで「正しい」ものしか読まないという正義の人には耐えがたい事態だろう。ふたたび、ナンシー・ヒューストンの励ましを思い出しておこう。「言葉と物のあいだの、それから言葉と言葉のあいだの、あのいらだたしい不一致（……）――そうした一切にもかかわらず、意味は伝わり、機能し、何とかうまくいくのです！」。結局のところ、ハツカネズミの性別が多少ふらつこうとも、肝心なものは伝わるのであり、事実、伝わったのだ。岡崎京子が伊東守男訳を熟読玩味した上で、丹精込めて描きあげた漫画版『うたかたの日々』はそのことの素晴らしい証しだろう。岡崎作品のラストで、ハツカネズミは男言葉でしゃべっている。それがこの美しい漫画の味わいを損ねているかといえば、いささかもそんなことはない。それどころか、キュートな丸顔に苦渋の色を浮かべて「おれにはもうガマンが出来ないのさ」と訴える岡崎版ハツカネズミの表情を見ていると、いまさら女の子になってもらうのが申しわけないくらいだ。

翻訳はカクテルピアノなのだ、という思いが湧いてくる。カクテルピアノとは『うたかたの日々』に登場するとびきり愉快なマシーンである。ジャズの名曲を弾くとそれに合わせて色とりどりの、おいしいカクテルができあがるという、ジャズを熱愛する主人公コランの自慢の発明品だ。嬉しいことに、多少のミスタッチがあってもハーモニーにさえ狂いがなければ、きっといい味にしあがるのだという。ぼくら翻訳家も、原作という音譜への忠誠を誓いながら、とにかく美味なるハーモニーを心がけるのである。一曲どうにか演奏できるようになるまでには、鍵盤を叩きながらの試行錯誤が続く。思うように腕が上がらないのに苦しみつつ、空想の中では流麗な演奏をきかせる自分の姿を思い浮かべる。願うのはただ、完成したあかつきには泡立つカクテルを、未知の友がうまそうに干してくれることばかり。

2　翻訳家の情熱と受苦

猿と殺人者

翻訳という行いの根底には、人間のうちに元来備わっている、真似することへの奥深い衝動があり、反復することへの理屈抜きの促しがある。あらゆる翻訳家は、お手本を前に置いて自分でもそれとそっくりに描いてみようとする気持ちに突き動かされている。しかし同時に、元の作品とはまったく異質な言語に移植する作業なのだから、真似するとか、反復するとかいってもそこには根本的な不可能性が横たわっている。

お手本とは全然別の手段、方途を用いて再現しなければならないのだ。翻訳家のエゴというか、自意識がそこに芽生える。

原作者は自分の母語によってしか綴ることができなかった。それが彼（彼女）の限界だった。そんな原作者に手を貸し、励まし、ときには無理強いしても、言葉の高い壁を乗り越えさせてやるのがわが使命なのだ――ともって任ずるわけである。

一方では原作者の前にひたすらひれ伏し、その卑しいしもべとしてかしずきながら、他方では彼の手をぐいぐいと引っ張って、有無をいわさず険しい山道を登っていく。翻訳家にはそんな相反する側面がありうる。どちらの面をより意識するかは、各々の気質にかかわることかもしれない。

フランスで名翻訳家といったらすぐに名前が挙がるのが、モーリス＝エドガール・コワンドローという人である。一九三〇年代にいちはやくフォークナーの真価を見抜き、フランス語に翻訳。以降、アメリカ現代文学の重要作を次々に翻訳したその業績は巨大であり、サルトル、カミュを始めとしてアメリカ小説に影響を受けたフランス作家たちの大半は、コワンドロー訳でアメリカ小説を発見したのだった。現在でもなお、フォークナーはもちろんのこと、スタインベック、コールドウェル、ナボコフ、カポーティ、フラナリー・オコナーなどの重要作をフランス人はコワンドロー訳で読んでいる。

そのコワンドローに、ぼくの知るかぎり一冊だけ自伝的内容の本がある。『翻訳家の回想』と題された、聞き書きによる本なのだが、全体は同時代アメリカ文学回顧という趣が強く、コワンドローはなかなか自らの職業の秘密を明かそうとはしない。巻末に至ってようやく、名訳者は自らの考える翻訳家像を聞き手に洩らしている。いわく、翻訳家は「プードル」にして「猿」なのだという。

「(……)翻訳家とはいかなる権利も持たず、義務しか持たぬ者なのです。原作者に対してはプードルのごとき忠誠を示さねばなりませんが、ただしそれは猿のごとくふるまう、何とも奇妙なプードルなのです。たしかモーリヤックでしたか、こう書いていました。「小説家とは神の猿である」。してみると、翻訳家とは小説家の猿なのですね。自分がどう思っていようが、とにかく小説家と同じ表情をしてみせなければならないのです」

いわんとするところを日本語に訳すなら、「黒衣《くろご》に徹する」ということなのだろうけれど、潔いというのを超えてまったくにべもない、卑屈な表現が連ねられている。

そこにこの人の自負心というか、ダンディズムさえ見て取れるかもしれない。

　こうした自虐的翻訳者観に対して、わが国の亀山郁夫氏の翻訳観をぶつけてみたい。「僕は翻訳のプロではありません。原文に忠実に右から左へと訳すのではなく、あくまで登場人物の内側に入り込んで、登場人物に同化しながら訳していきました」(「AERA」二〇一一年四月四日号)。大好評を博した『カラマーゾフの兄弟』新訳に関してそう語りながら、亀山氏は恐ろしい言葉を口にする。いわく、「一人一殺」。

「ドストエフスキーを殺せるのは僕しかいないというぐらいの熱量を込めて、カラマーゾフを訳した。この仕事は、並のドストエフスキー研究者にはできないという自負があります」

「殺害」のイメージにぎょっとさせられるが、殺伐とした状況に事欠かないドストエフスキー作品だから出てきた表現というだけではすまない、重要な問題が提起されているのではないだろうか。翻訳とは原作を他言語に転生させる仕事だとしたら、転生の前段階として「殺し」が必要なのかもしれない。日本語に転化させる作業の現場において、原語には一度、死んでもらわなければならない。その程度の覚悟をもたずして翻訳に手を染めることなどできるか、と亀山氏はいいたげだ。

「プードル＝猿」か、それとも殺人者か。二者択一というよりも、おそらく翻訳者はその両面を兼ね備えざるを得ない。猿のふりをして踊りながら凶行に及ぶほかはないのだ。その異様なふるまいを支えているのが、先に引いた亀山氏の言葉に見える「同化」のメカニズムだろう。作品にぴったりと寄り添い、登場人物と自分を完全に重ね合わせようとする。いわば無限の接近を試みるうちに、翻訳者はついに原作者その人になりかわり、原作者を駆逐し、あるいは「殺害」する。猿が王位簒奪者《さんだつしゃ》となったとき、原作はめでたく別の言語への転生を果たす。

そんな血塗られた劇の主人公となるのではなくとも、翻訳者たちは多かれ少なかれ、同化のための手立てを講じる。一冊の本を訳すときには、その作者の顔写真を部屋に飾って士気を高める、と書いていたのは青山南氏である（『翻訳家という楽天家たち』）。写真に向かって「大船に乗った気持ちでいなさい！」と語りかけてやるのだという。これなどはなかなか楽しげで、自分でもやってみようかという気になるが、ひょっとして訳了のあかつきには一丁上がりとばかり、写真を破り捨てるとしたら、それはただちに「一殺」の禍々《まがまが》しい儀式となることだろう。

また、「同化」がある一線を越えると、翻訳者の体に変調が生じるということもある。『嵐が丘』に「二十余年とり憑《つ》かれた末、翻訳する縁を得た」鴻巣友季子氏が、訳業の進行とともに体に激しいダメージを受けて「ボロボロ」になっていくさまを描いた一文は、翻訳家の仕事の壮絶さを物語る貴重なドキュメントである(『翻訳のココロ』)。パッションには情熱のほかに受難、受苦の意味もあるが、その両方を一身に具現するかのようだ。できもの、風邪、顎関節症、過呼吸症と次々にトラブルが積み重なっていく中、訳業は終盤を迎え、訳者は原作を相手に閉じこもり、「病院をのぞけば、ゆうにひと月はどこにも」行かず、「乗った乗り物も救急車ぐらい」。パソコンもまた極限状況を生きる訳者に同化したか、訳了間近になって、すでに一台使い潰して二台目だったパソコンがクラッシュ、オーバーヒートを起こして炎上寸前となる。だがそもそも鴻巣氏は「『嵐が丘』で本当に命を落とすんじゃないかぐらいに思っていた」のだというから覚悟のほどが違う。ジョルジュ・バタイユは『嵐が丘』を論じて、「エロチシズムとは死を賭《と》するまでの生の讃歌」という名高い文句を記したのだったが、それを書き換えて、翻訳とは死を賭するまでの文学の讃歌ではないか、といいたくなるくらいだ。

同化効果

人のことはともかくとして、お前はいったいどうなのだと問われるならば、かなり惚れっぽい性格ゆえ、いつでも自分の手がけている本は大傑作だと信じて訳している。だからこそ逆に、なるべく作品との距離を保ち、ページに並ぶ言葉そのものを吟味することを心がけ、同化のドラマに引きずり込まれないように仕事をしてきたという気がする。とはいえ、やはりそれが「猿」としての仕事であったことは間違いない。

はや二十数年も昔、最初に翻訳したジャン＝フィリップ・トゥーサン作品の場合、ほどなく作者と知り合い、何度も会ってその人柄に惹かれるようになってから、ぼくの身の上に多少の同化効果が表れた。告白するのも恥ずかしいが、服装面でトゥーサン氏の真似をするようになったのである。黒のジャケットに黒のジーンズ、白いシャツというのが彼の定番の出で立ちだが、そのシンプルさが作風に通じていていかにも好ましく思えた。やがて、黒など着たこともなかったぼくの衣装箪笥が、急に黒い服だらけになっていったのだ。芸の道は型から入るべきだという意識が、どこかにあったのかもしれない。もちろん、トゥーサンから受けた感化はそれだけに留まるものではない。

『浴室』から数えて第四作目の『ためらい』という小説に至ると、それまで主人公は独身の青年と決まっていたのが、突如、ベビーカーを押して登場する。ヴァカンスの時期を過ぎた海辺の村に、青年はなぜか息子と二人だけで滞在しているのだが、赤ちゃんの表情が実に精彩に富んでいて、モノクロームなトゥーサンの世界にいきいきとした輝きを与えている。たとえば砂浜でのこんな場面。沖を一羽の鳥がゆっくりと旋回しながら飛んでいく。

「ぼくは息子に向かって指で鳥を示してやった。鳥だよ、とぼくはうっとりと言った、鳥をごらん。ところが息子のやつが見つめたのは、実を言うとぼくの指の方で、そんなもののために呼ばれたことにいささか驚いたという風なので、ぼくは鳥から目を離さずに息子のところに戻り、ベビーカーの足元にしゃがみこみ、砂の上に膝をつき片手を胸に当てて、彼のために鳥の鳴き声をまねしてみせた。クーイ、クーイ、とぼくが言うと、息子は突然頭を後ろにのけぞらせ、驚きと感嘆とで恍惚とした表情を浮かべた。頭巾の楕円形の穴から、眩しそうな小さな目を二つのぞかせて、感謝の念でいっぱいのまなざしをぼくに向け、あたかも、これまで八ヵ月のあいだ思い違いをしていたけれど、不意に今、初めてぼくの正体がわかったとでもいうような様子である。こちらはというと、自分の正体について幻想を抱かずにきてかれこれ三十三年になるのだが、そう、というのも、ぼくは三十三歳、つまり青春の終わる歳を迎えたところなのである」

言葉をまだ話さない乳児が、何とも雄弁な存在感を示しているではないか。その真っ直ぐな眼差しに見つめ返されるとき、むしろ父親の頼りない青臭さのほうがあぶり出されてしまう。そんな手応えを父親自身が驚きとともに、喜ばしく受け止めているようだ。要するに主人公は、すでにしてかなりの親馬鹿なのである。

この作品を訳したあとで会ったとき、トゥーサンから、長男が生まれたことは自分にとってあまりに大きな意味をもつ出来事だったので、どうしても赤ん坊を登場させたくなったのだと聞かされた。その言葉はぼくの胸に刻まれた。人生上の大切な体験と、執筆をストレートに結びつける姿勢の素朴さに打たれたのだ。当時、ぼく自身には子どもはいなかった。いま読み返してみると、ひょっとすると訳文にもそれゆえの無知が影を落としていたかもしれない。右の引用中、赤ちゃんが防寒用の『頭巾』をかぶっている。しかし、そのころぼくはまったく意識していなかったのだけれど、

「乳母車」という呼称が死語に等しくなったのを始めとして、いまや日本における赤ちゃん関係グッズの名称のほとんどは著しくカタカナ化しているのであり（「よだれかけ」は「スタイ」、「おくるみ」は「ブランケット」や「アフガン」）、「頭巾」というのももう少し何とかなりそうなものだった（「ベビーキャップ」、それとも「フード」?）。「青春の終わる歳」からさらに十年近く経って、ぼくも子どもをもった。するとにわかに、赤ん坊について書きたくなってしまった。ベビーカーに乗った小さな者の姿を中心にすえて文章を綴ってみたいという気持ちが湧き上がってきた。その結果、こんな調子の駄文を弄することとなった。

「むくむくと着ぶくれしてベビーカーにおさまっている赤ん坊が、どうもいま一声発したらしい。「アアアア」と、ただのわめき声ではあるけれども、しかしその母音のつらなりには彼の胸のうちから外部に向かって発信されたメッセージ性が明確に宿っていた。それは、「いま走り去った電車、強烈にかっこよかったなあ!」という思いを伝える、一個の立派なせりふなのだった。

日が落ちかけた晩秋の夕刻、家の近所の踏切前でのできごと」（『赤ちゃん教育』）書いているときはさほど意識しなかったのだが、どうやらこれは、かつてトゥーサンが語ってくれた言葉に励まされて書いた本だったのである。要するに、訳者が原作者を猿真似することで生まれた本だったのかもしれない。

海のアネモネ

作者、登場人物、さらには作品世界そのものに、自ら求めたわけではないのに、不条理なまでの同化を果たす。そんな事態を初めて、まざまざと体験するはめに陥ったのは、いま翻訳作業の終盤を迎えているボリス・ヴィアンの『うたかたの日々』によってだった。それはまったく思いもよらない経験だった。

考えてみるとその予兆を示していたのは、しつこい喉の不調だったかもしれない。『うたかたの日々』のヒロインの咳に刺激されたようにして、訳者も咳ばかり続くようになってしまったのである。

物語中、パーティーで知り合ったコランとクロエは、バラ色の雲に包まれてデートしたのち、ただちに婚約し、結婚式を挙げる。コランもクロエも二十歳そこそこの若さである。だが、デューク・エリントンの「クロエ」が鳴り響く夢の結婚式がつつがなく終了したその瞬間から、それまでの牧歌的恋愛の可憐さに取って代わって、悲劇の残酷さが前面に現れ出る。教会を出たところで「冷たい風」に吹きつけられた新婦クロエが、思わず咳き込むのがその最初の兆しだ。そして新婚旅行先でのささいな出来事。クロエが雪のかたまりを手にとって遊ぼうとし、コランは、風邪を引くから触らないほうがいいよと声をかける。

「「そんなことないわ」そういいながらクロエは、絹が裂けるような音を立てて咳き込んだ」(『うたかたの日々』第二六章)

こういう文章を訳しながら、ぼく自身もいたたまれないような気持ちに襲われた。夏休みに翻訳の第一稿を仕上げたのち、しばらく寝かせておいた原稿に手を入れ始めたのは、木枯らしの吹きすさぶころのこと。さまざまな仕事が押し寄せてきて疲れが溜まり、風邪がなかなか治らず、のどに「えへん虫」が住みついて出ていってくれない。そんな自分の不快感に照らしてみて、クロエの病気が気の毒でならないし、他人《ひと》事《ごと》ではないような気持ちにさえなってしまう。新婚夫婦がハネムーンから戻ってまもなくすると、最悪の事態が判明する。クロエの胸には睡蓮がとり憑き、大きくなりつつあった。それがもし一つでも花をつけたら、ほかにも次々と咲いてしまうのだという。そうなることをふせぐために、医師はクロエに水を飲むことを禁じる。飲んでいいのは「一日にスプーン二さじ分だけ」。かわいそうに、これではいかにみずみずしいクロエとはいえ、早晩凋《しぼ》んでいってしまうではないか。

ヒロインにつきあって咳をしてはいても、このときぼくは、自分の体の中でも何物かが勝手に増殖しつつあるなどとは考えてもいなかった。睡蓮はボリス・ヴィアンの想像力の生み出したみごとなメタファーにすぎず、その悲劇的な美しさを味わっていればよかったのである。

そんないわば呑気《のんき》な読者としての立場を、ぼくは不意に失った。

二〇一一年三月初め。「えへん虫」はようやく収まっていたものの、それとは別種の体の不調が続き、近所の病院では原因が突き止められず、大きめの病院で検査を受けることとなった。ベッドに横たわって股を開いたぼくは、硬式膀胱鏡なる器具を用いた検査の痛みにあえいでいた。膀胱鏡には軟式と硬式があり、硬式のほうを使った検査は激痛を伴うなどということは、もちろん皆目知らなかった。やがて医師が「あ、ありました」といささか高揚感のある口調でいった。そしてぼくの顔の横にモニター画面をもってきて見せてくれたのだ。「イソギンチャクみたいなものが見えるでしょう」という医師の声に促されて、ぼくは痛みに顔をゆがめつつ、見たくもないものをまじまじと見つめた。白黒画面に映る、未知の海底に群生した、なるほどイソギンチャクによく似たものの姿。すでにして診断は下されたも同然だった。腫瘍、それも九十五パーセント悪性。かなりの大きさになってしまっている。すぐさま切除手術を受ける必要あり。

よろよろとベッドから起き上がって服を着て、図を描きながら改めて丁寧に説明してくれる医師の言葉に耳を傾けた。次の診察の予約を入れ、会計で支払いを済ませ、病院を出て、バス停留所に立つ。強い風が吹き、冷たい雨が降りつける。放課後の男子高校生たちがバスに乗り込んできて、楽しげに語り合っている。そのすらりと背の伸びた、爽やかで屈託ない姿を呆然と見やりながら、自分がいかに彼らから遠くかけ離れた地点に立たされてしまったかを思う。駅で電車に乗り換え、扉の窓から見慣れた景色を眺めるうちに、目に涙がにじんでくる。悲嘆の念が増大するにまかせてしまうならば、真っ逆さまに絶望の淵に吸い込まれていきそうだ。

そのときふと、考えた。イソギンチャク。フランス語では、いったい何というのだったか？　とっさには答えが思い浮かばない。情けないではないか。フランス語を学び始めて三十余年。そんな単語もわからないとは。ウニならウルサン、カニならクラブ、海草ならアルグ、と海底関係の連想を広げてみるのだが、出てこない。しかたがなく家に戻ってから、『プチ・ロワイヤル和仏辞典』を引いてみた。

「いそぎんちゃく［磯巾着］anémone de mer *f.*; actinie *f.*」

なるほど、フランス語では「アネモヌ・ド・メール」、つまり「海のアネモネ」というのか。知らなかった。何と美しい表現だろう。赤や青や白や桃色のアネモネが海中で揺れている夢幻的な様子が目に浮かぶ。そしてもちろん、そんな光景を思い浮かべても、いささかも心は慰められないのだった。

「「睡蓮なんだ」とコランがいった。「いったいそんなもの、どこで拾ってきたんだろう?」」

「睡蓮だって?」ニコラは信じられないという表情で訊いた」（『うたかたの日々』第四〇章）

海のアネモネなどいったいどこで拾ってきたものか。ぼくだってまったく身に覚えがない。

「「右の胸にあるらしい」とコランはいった。「先生は最初、単に何かの生き物だろうと思ったんだ。だがそうじゃなかった。スクリーンにはっきり映っていたんだ。

もうずいぶん大きくなっているけど、でも厄介払いできるはずさ」

「もちろんだよ」とニコラ。

「どんな気持ちがするものか、あなたたちにはわからないわ」クロエはさめざめと涙した。「あれが動くとき、とっても痛いのよ!!!」

可哀想なクロエ、感嘆符が三個もつく痛みだなんて。ぼくのほうはさいわい、何の痛みもない。ひとしきり悲しみに浸ったのち、猛然と戦いの意欲が湧いてきた。厄介払いできるはずさ。いや、わが体内に巣食ったアネモネには、何としても、跡形なく消えてもらわなければならない!!!

強い決意で戦い抜くぞと自分にいい聞かせた。その四日後、未曾有の大地震が東日本を襲った。大津波が押し寄せ、途方もない数の人々が被害を受け、そして福島の原発はメルトダウンを起こしたのである。

文学の生命

それに続く日々は、これまで能天気に生きてきたぼくにとっては想像だにしない試練の連続だった。二度の入院、二度の手術。

そのあいだテレビはたえず被災地の状況を映し続け、原発の不安な状況を伝え続けた。自分についても日本の社会についても、将来を悲観するほかないような気分に誘われることもあった。そしてぼくはひたすら、本に、文学に救いを求めた。

節電のため照明を落とした暗くだだっ広い待合室で、病を抱えた大勢の人々――ほとんどはお年寄りたちだ――に混じって待つあいだも、あるいは術後を過ごした病室でも、とにかく本を開き、文字に目を落とし、読み進めた。ページを繰《く》って次に進むという動作自体が、何かを約束してくれているのであり、次のページに移ることが、ささやかではあれ、確実な希望なのだった。小説のストーリーを追うことや、評論やエッセーの筋道をたどることが、これほど「生」に結びついていると感じたことはなかったし、そう感じさせてくれるというだけで、文学は病人にとって決して無力ではなかった。日本語の本、フランス語の本を、とっかえひっかえしながら、この世に面白い本が一個人には到底読み切れないほどあることに、心から感謝するばかりだった。

翻訳の仕事も、断続的に続行した。刊行は大幅な遅延を余儀なくされたけれども、その分、推敲を重ねられると考えれば決してマイナスではない。そもそも、小説の与える印象はぼくにとって一変してしまった。心臓に重大な病気を抱えていたヴィアンは、死の恐怖を打ち消すようにして多彩な活動に身を投じ、創作に意欲を燃やした。そんな事情は知識としては頭に入っていたが、そのことがいまやひりつくような痛切さで迫ってきた。何しろ『うたかたの日々』という小説は、死の脅威を相手に演じられる鍔迫《つばぜ》り合いそのものではないか。

まだ前途に何の不幸の影もささないころ、コランがスケートリンクに出かけ、滑り出すやいなや、そこにはいったいどれほどの惨劇が出来《しゅったい》することだろう。コランとぶつかったスケーターが、ほかのスケーターたちと玉突きを起こし、あっという間に皆が積み重なり、小山をなして絶命する。そこに「お小姓《こしょう》清掃隊」とやらが登場して、「ばらばらになった人間のおもしろくもない切れっぱし」を熊手で寄せ集め、リンク中央の「ゴミ穴」に落としてしまう。一事が万事その調子であって、ジャン゠ポール・サルトルならぬ「ジャン゠ソール・パルトル」の講演会に出かけていけば、舞台《セーヌ》にあふれ出した群衆は消防士の放水を浴びて——舞台が「セーヌ川」と化したかのようにーーあえなく溺れ死ぬ。そうかと思えば、熱狂的ファンがホールの天井にまでよじのぼったせいで、天井全体が落下してきて多数の犠牲者が出る。主人公たちは気ままに日々を送っているが、そのかたわらで人命はまさしく泡《あぶく》のように消えていく。これは破壊的な嵐が吹きすさぶ世界なのであり、若く美しく優しい主人公たちが無傷のままでいられないのも当然なのだ。

同時にそれは、人間以外のモノが不気味な生命力を秘め、たえず増殖を続ける世界でもある。コランとクロエの新婚家庭には「半植物、半鉱物の代物《しろもの》」が生い茂り、窓いっぱいに伸び広がって日光を遮断し、部屋の空間を押し潰しにかかる。だれにも止められないその恐るべき繁茂ぶりは、クロエの胸の中での睡蓮の生育と連動して、主人公たちの暮らしを追いつめる。むろんコランは、自分のアパルトマンに生じた異変を、手をこまねいて見ていたわけではない。建築家に相談し、見にきてもらうのだが、その建築家までもが病気になってしまうのである（第四三章）。

すべてが病と死の魔の手にさらわれていく。それが「現代の恋愛小説中もっとも悲痛な小説」（レーモン・クノー）と謳われる『うたかたの日々』の実相だった。そうした事態はいったい、何を象徴しているのかと研究者たちは解釈を競う。そもそも、「睡蓮」がシンボライズするものとは何か。ずばり、それは「妊娠」の比喩なのだと考える研究者がいる。いわく、コランは確たるヴィジョンもなしにただふらふらとクロエと結婚し、孕ませてしまったのである。そこには真の愛は不在だったのであり、

「睡蓮」とはクロエを傷つけるコランの無責任さの象徴なのだ。あるいはまた、ヴィアンが読んだ形跡のある植物学の本や、バシュラールの『水と夢』などに謎を解く鍵を求めて、沼地の花である睡蓮にまつわる神秘、とりわけこの花と、泥や暗黒に満ちた地底世界との結びつきが重要なのだと主張する研究者もいる。それは愛の行く手をふさぐあらゆる障害のシンボルだと考えられる。そもそも睡蓮の花には古来「アナフロディジアック」、つまり「制淫剤」としての効用が認められてきたのだという。

さらには、睡蓮は作者ボリス・ヴィアンその人の象徴とする説もある。因習的な小説作法を攪乱するお騒がせ者として文壇に闖入した彼の存在こそが、睡蓮に仮託されて表現されているのだ、と。

いささか考えすぎ、穿《うが》ち過ぎでは、と思わせる部分もあるが、しかしさまざまな解釈の可能性を求めて奮闘する研究者たちの努力をむなしいというつもりはない。ただ、彼らに比べると翻訳者という立場ははるかに単純であり、それゆえ一種、清々《すがすが》しい。こちらの務めは人を驚かすような解釈を提出することではなく、ヴィアンの言葉をひたすら転写することにある。しかも、そう務めながら、ヴィアンの作品は（あらゆるすぐれた小説と同じく）、字義どおりに受けとめるのが一番であるという思いが強まる。

いまやぼくは、ヴィアンの小説は象徴表現でもなければ、知的な戯れの場でもなく、むしろ世界のリアルさそのものであると考えるに至った。

睡蓮が若く美しい娘の体を蝕み、海のアネモネが中年男の体を侵す。そこにぼくらの生の条件がある。そしてまた目を外に転じるなら、いたるところで死が跳梁跋扈《ちょうりょうばっこ》し、多くの生命を奪っている。コランたちがスケートを楽しむリンクで、あたかも日常茶飯事であるかのように死体処理にいそしむ「お小姓清掃隊」の活動風景は、ナンセンスなギャグじみていて、愉快と感じる読者もいれば、悪趣味と眉をひそめる向きもあるだろう。だが、彼らが従事しているのとまったく同じ活動に、いまこのとき、わが国の自衛隊員たちが必死で取り組んでいることはまぎれもない事実なのである。ヴィアンが予言的な力をもつ小説家だったといいたいのではない。単に、ぼくらの生がいかにはかなくもろい足場の上に乗ったものであるか、荒々しい波がいかにその足場を洗っているかが、若くして彼の眼にはまざまざと見えていたのである。そして彼は、その脅威的な破壊の作用を臆することなく作品の内部に取り込み、想像力を大胆不敵なまでに飛翔させるための刺激剤とした。その結果生じたのは、あざやかな逆転である。若者たちは斃《たお》れ、恋人たちの幸福は失われ、うたかたの日々は消え去る。最後には、主人公のために尽くした忠実なハツカネズミまで、悲嘆の果てに猫に協力を仰いで自らの命を絶とうとする。だが結末まで見届けた瞬間、読者の胸を満たすのは決して死の観念でも、絶望でもない。ストーリーはもちろん悲哀に満ちている。しかしぼくらが受けとめるのはむしろ、美しく輝く貴重な宝石を手にしたような喜びであり、高揚感なのである。

その逆転のうちにこそ、文学の生命が宿っていることは、自らの読書体験に照らしてだれしも、実感できるにちがいない。

「長篇小説が意味をもつのは、（……）他人の運命が、それを焼き尽くす炎によって、私たち自身の運命からは決して得ることのできない温《ぬく》もりを、私たちに分け与えてくれるからなのだ」。ヴァルター・ベンヤミンのそんな言葉を援用しつつ、辻原登は書いている。「我々が長篇小説を読むのは、我々自身の人生を暖めたいからだ。主人公の死、燃えつきる生によって」（『東京大学で世界文学を学ぶ』）。

そしてもちろん、訳者は主人公たちの死につきあおうとするのではなく、ただ訳文の充実に心を尽くすべきなのである。有り難いことにぼくの身の上にも、逆転は生じた。一時は厳しい見通しを告げられ暗澹としたものの、二度目の手術の結果、深い浸潤はなかったことが判明。その診断を聞いた午後二時過ぎ、病院を出たときにわが視界を満たした陽光の眩さは忘れられない。行く手には、訳すべき本がまだ何冊も待ってくれている。それこそ翻訳家のエゴイズムというべきだろうが、そんな思いが湧き上がってくるのを抑えることができなかった。

3　ロマン派の旗のもとに

完成一歩手前

翻訳をやっていて一番心躍る瞬間とは、いよいよこれから新しい本に取りかかるぞというときだ。まず題名を訳す。すでにしてそこで壁にぶち当たり、先に進めなくなることだってありうるだろう。さいわい、ぼくが手がけてきたのは『浴室』から始まって『素粒子』やら『幻滅』やら『赤と黒』やら、素直に訳す以外にない題名の本ばかりである。ボリス・ヴィアンの『うたかたの日々』は直訳して『日々の泡』という手もあったが、日本語の題名としては『うたかたの日々』が優れている。これを引き継ぐことにした。

訳し始めるときの高揚感はなぜ格別なのか。それが新たな旅の始まりだからというほかはない。いつかは一冊の本という具体的な形に到達するはずの道のりを歩き出す。理屈抜きの期待感にわななきを覚える。もちろん、本のページはまだ真っ白で、これから少しずつそこに文字が書き込まれていくのだ。不安だって当然ある。純白の紙を前にして得体の知れぬ苦悶に取り憑《つ》かれた詩人マラルメのおののきは、どんな原稿仕事にたずさわる者にも無縁ではない。

だが翻訳の場合はありがたいことに、すでに作品は完成している。その一行一行に従って歩いていけばいいのであり、ルートは目の前にしっかりと敷かれている。翻訳とはあくまで愚直に進めるべき作業なのだ。それをかつて「三百六十五歩のマーチ」と呼んだ翻訳家がいたというが、けだし名言である。

日々、愚直さをつらぬいた果てにとうとう最終行に到達する。そのときの嬉しさはまた格別だ。とはいえそこで作業が完了するわけではない。原稿を編集者に委ねたところから第二ラウンドが始まる。ゲラの推敲というけっこう厄介な仕事と取り組まなければならない。

不思議なことに、活字になって戻ってきた原稿を読むときにはしばしば、冒頭部分で引っ掛かって悩むのである。浮き浮きと訳し始めたはずなのに、時間を置いて読み直すとどうも納得ができない。出だしは何といっても重要だから、読者がすっと物語世界に入れるような訳文にしたいのに、何だかぎくしゃくしている。『うたかたの日々』でも、三校が出てきてもなお冒頭で腕組みした。

うちの妻によると、それは「作家も最初のうちは調子が出ていなくて、書き方がへたくそだから」だという。責任を作家に転嫁するとは、小心者には思いも寄らぬ発想で感心させられる。たしかにそう考えると、ヴィアンの作品の冒頭——自作を世に送り出すにあたっての、いかにも意気盛んな序文——は、若さゆえの生硬さも感じさせないではない。そしてそれがまた文章の魅力となっている。何度も何度も手を入れて、拙訳は結局次のような調子になった。

「人生でもっとも大切なのは、何についてであれ、あらかじめ判断を下しておくことだ。実際の話、ひとは集団になると間違いを犯すものだが、個人はいつだって正しいように思える。ただし、そこから行動の規則など引き出さないようにしたほうがいい。規則を定めなくても、ちゃんと行動することはできる。大切なことは二つだけ。どんな流儀であれ、きれいな女の子相手の恋愛。そしてニューオーリンズの音楽、あるいはデューク・エリントンの音楽。ほかのものは消えていい。なぜなら醜いから」

念のため、二つの先行訳と照らし合わせてみた。四十一年前に出た曾根元吉訳、最初の一文は「人生でだいじなのはどんなことにも先天的な判断をすることだ」。三十二年前に出た伊東守男訳では「人生では、大切なことは何ごとにかかわらず、すべてのことに対して先験的な判断を下すことである」。拙訳とはかなり違う。最初が違えば、それ以後もずいぶん違うことは言うまでもない。新訳の機は熟していたのである、とぼくとしては思いたい。

冒頭がこれでよしとなれば、あとははるかにすいすいと進んでいく。数回目の読み直しを無事に終え、解説、訳者あとがき、年譜の三点セットも完成すると、昨年〔二〇一〇年〕夏から一年以上に及んだ翻訳作業はようやく終わりの時を迎える。心身とも、満足感に包まれる。しかしそれと同時に、東京はまだ最高気温三十度を下らない暑さだけれど、そぞろ秋風が立つような寂しさが漂うのはどうしたことか。先ほど宅配便に託したゲラに、なお未練があるらしい。とことん突き詰めたはずだと自分に言いきかせる。だが同時に、このまま延々とゲラを手元において、ああでもない、こうでもないといじくり回し続けたかったという頑是《がんぜ》ない思いもかすかに残っている。それは本来、翻訳という仕事には終わりなどないからだろう。できあがった苦心の作を最終決定稿とみなす確たる理由など、残念ながら存在しないのであり、そこに並ぶ文言をさらに微調整したり、直したりする余地は残っている。だからこそ新訳の可能性は常に開かれているのだ。

アメリカの批評家テリー・イーグルトンの次のような一文に深く頷《うなず》かざるを得ない。

「言葉とは、いつでもまだその先があるものなのだ」(『詩をどう読むか』川本晧嗣訳)。

翻訳開始直前

翻訳を終えたあとのちょっとしたメランコリーを振り切るための最良の方法は、次なる翻訳に取り組むことである。かつてもっと若かった頃は、何しろ翻訳の仕事ができるだけでむしょうに嬉しくて、一冊終えると息もつがずに別の本を開いて訳し始めていた。しかしそんな高度成長期はどうやら過ぎ去ってしまったようで、最近は足踏み状態が長引きがちである。約束した仕事が積み重なって堆積していくばかり。とはいえいずれも、ぜひともやりたいと自ら望んだ仕事ばかりなのだ。その筆頭がジェラール・ド・ネルヴァルの作品集『火の娘たち』である。

『火の娘たち』は、大学一年の夏休み、同級生の佐藤君に借りた中央公論社版「新集世界の文学」第八巻で初めて読んだ。入沢康夫訳、表題は『火の娘』。ネルヴァルのことは、当時入れあげていたアンドレ・ブルトンの著作経由で知って興味をもったのだが、読み出してみると、あらかじめ抱いていた〝狂気と幻想の詩人〟のイメージとはずいぶんズレがあった。「アレクサンドル・デュマへ」という序文こそ、いささか錯乱的な部分も含み、シュルレアリスムの先駆となった部分を確認できるのだが、次の「アンジェリック」がまったくもって不思議な、ちょっとほかに読んだことのないような代物《しろもの》だったのである。

全体は雑誌編集長への手紙という体裁を取っている。いきなり、約束した原稿が書けない事情の説明から始まるのだ。いわく、旅先でド・ビュコワ神父なる人物についての古書と出会った。十八世紀始め、バスチーユに投獄されたがまんまと脱獄したという奇人の伝記である。フランクフルトの夜市の屋台で見つけ、興味を引かれたのだが、値段が幾分高かった。パリに戻ればすぐに見つかるだろうと思い、買わずに帰った。ところが帰国後、国立図書館に出かけたものの、どうしても見つからない。その本を種本として神父の冒険物語を連載するつもりだったのに当てが外れてしまったというわけである。そこでネルヴァルは、なかなかつかまらないド・ビュコワ神父の足跡を求めて図書館から図書館へとさまよい、古文書の束をめくり、「古いフランスの田舎」を旅してまわる。その探索行が連載の内容となってしまう。

何とも人を食った脱線また脱線なのだけれども、それが少しも作為的な印象を与えず、融通無碍《むげ》な語り口にこちらまでのびのびとした心持ちになってくる。しかも、謎の神父の代わりを務めるかのように、その大伯母という人物が登場してくる。名前をアンジェリックといい、城主の娘だったのに使用人と駆け落ちしてイタリアまで逃げた淪落《りんらく》の姫君だった。さまざまな苦労を重ねながら愛をつらぬいた彼女の手記を、ネルヴァルは図書館で、神父一族の関連資料の中から掘り出したのだ。以降、本探しの顚末と旅の記録に加え、十七世紀に生きたアンジェリックの物語が、俄然精彩を放って語られ出すのである。

成り行きまかせの展開のうちに、一人の女性の姿が過去から輝かしくよみがえってくる。考えてみるとそれがネルヴァル作品のもっとも基本的な構図だったのだが、もちろん初めて読んだときにはそんなことは少しもわからず、エッセーとも小説ともつかないたがの外れた書きぶりに面食らった。これはいったい何なのだろうと首をひねりつつ、結局、卒論もネルヴァル、大学院以降の論文ももっぱらネルヴァルで書くこととなったのだった。

そんなぼくにとっては忘れがたい一編「アンジェリック」の訳を、昨年、ヴィアンの間隙をぬって進めていた。編集長宛書簡なのだから、既訳の「である」体よりも「ですます」調のほうがふさわしいのではないかと考え、語り口を工夫してみた。昨年末にいちおう完成、その余勢を駆って続く短篇「シルヴィ」の翻訳にも、今年〔二〇一一年〕正月、取りかかっていたのだ。プルーストからウンベルト・エーコまで、絶賛する声の高い、ネルヴァルの代表作と目される珠玉の短篇である。物語の中心には、ここでもまた、旅があり、過去のよみがえりがある。一夜、とある劇場を出た主人公は何気なく新聞を開く。するとそこに「田舎の花束祭」の短い記事が載っていた。たちまち彼の心のうちには、長らく忘れていた故郷の思い出、素朴な祭りのこだまが戻ってくる。幼なじみの可愛い娘シルヴィはどうしているだろう。そう思うと、いてもたってもいられなくなり、ついに深夜、彼は駅馬車に乗り込んでフランドル街道をひた走るのである。

そこまでを、正月、今年こそは一途に励むぞと決意して訳したのだった。だが正月休みが終わるころにはたちまち雑事に紛れ、それきりで放り出してしまった。哀れな主人公は、そのまま半年以上も馬車に乗ったままでいることを余儀なくされたのである。まったく申し訳ない。

そんな怠慢なる訳者を、わがネルヴァルは許してくれるだろうか。などと言っている暇に雄々しく翻訳を再開すればいいのだが、ヴィアンの疲れが残っているのだ。それにネルヴァルはわかってくれるに違いないという大変に甘えた気持ちがぼくの心には潜んでいる。何しろネルヴァルは彼自身、翻訳によって世に出、晩年まで翻訳と縁のあった人なのだから、翻訳家の苦労も切なさも十分知っていたはずなのだ。

さらば不実な美女よ

フランス文学史では長らく「小ロマン派」という、いかにもマイナー扱いが明らかな名称のもとに括《くく》られてきたネルヴァルだったが、いまやユゴーやボードレールに負けないほどの評価を獲得している。それはひとえに五十年に満たない彼の短い生涯の最後の頃になって発表された、『東方紀行』や『火の娘たち』を始めとする作品への大々的な再評価によるものだ。彼が最初、翻訳家として文壇にデビューした事実は、作家が自らの世界を確立する以前のエピソードという扱いを受けるにすぎない。

しかし、このところぼくの内では翻訳家ネルヴァルの偉業への思いが俄《にわ》かに高まっている。何しろ彼が訳したゲーテの『ファウスト』は、二十一世紀の今もなおフランスでは文庫版で広く読まれているのだ。ネルヴァルが十九歳、パリ大学医学部の学生だったころに出版した翻訳である。当時はまだネルヴァルの筆名を用いておらず、慎ましくも「ジェラール」というファーストネームだけで世に問うた。

ドイツ語力がそれほどあったわけではなさそうだし、二種類の先行訳に助けられての新訳だったことも確かだ。しかしこの仕事、二十一世紀の翻訳家にとっても共感できるものを大いに含んでいる。テクストへの忠実さの姿勢をジェラール青年ははっきり打ち出しているのだ。

テクストに忠実に訳すのが当たり前という考え方は、少なくともネルヴァルが翻訳を始めたころにはまったく一般的ではなかった。何しろフランスの文学界は名にしおう「不実な美女」たちの闊歩する世界だった。十七世紀、リシュリュー卿の肝煎《きもい》りでアカデミー・フランセーズが創設され、明晰で美しいフランス語の規範化が強力に推進された。その潮流の中で、翻訳のフランス語にもまた何よりもエレガンスが求められたのである。結果として、ホメロスにせよシェイクスピアにせよダンテにせよ、大幅に書き換え、下品な表現や問題のある場面を和らげたり取り繕ったり、あげくのはてはばっさりカットを加えたりと、フランス語美文の基準に合わせて変身させるのが当然と考えられたのだった。そんなやり方に疑問を抱いた十七世紀の文人が「これは以前私が惚れていた女に似ておる。美女なれども不実であった」と批評したところから「不実な美女」の表現が人口に膾炙《かいしゃ》することとなったというが、美女たちの素行はなかなか改まらなかった。十八世紀には、ヴォルテール御大が、原作の行き届かぬところは和らげたり削ったりしなければ、読者はだれも読んでくれますまい、と書簡に綴り、美女派に勢いを与えた。

　こうした考え方に一理あるのは確かだろう。麗《うるわ》しい訳文が好まれるのはいつの時代でも変わりがない。しかし口当たりのいいものしか食べないのでは、異質な味付けの刺激をむざむざ遠ざけることにもなってしまう。ヨーロッパで一斉に湧き起こったロマン主義の動きにフランスが大幅に遅れたのは、それが原因の一つだったのではないか。アントワーヌ・ベルマンの名著『他者という試練』（藤田省一訳）によれば、ドイツ・ロマン派時代の大翻訳家アウグスト・ヴィルヘルム・シュレーゲル——その翻訳作品はシェイクスピア、ダンテ、セルバンテスからインドの聖典『バガヴァッド・ギーター』にまで及ぶ——は、フランス式のやり方は外国人にも自分たちと同じ服を身に着けさせようとするものだとして「その結果、外国人というものを厳密にいえば全く知らぬままでいるわけである」と批判した。フランスの美意識に合わせた修正版しか流布させないのでは、外国文学に触れることで自らの意識を覚醒させる契機はいつになっても訪れない。

変革の必要を声高に説いたのはネルヴァルの先達、シャトーブリアンだった。革命中、イギリスに亡命して英語が堪能だったシャトーブリアンは一八三六年、四十年来愛読してきたというミルトンの古典『失楽園』の新訳を刊行する。長すぎる、表現が不器用すぎる等々の理由でまともに訳されてこなかったこの作品の「神々《こうごう》しい」偉大さを説きつつ、シャトーブリアンは、自分は「ガラス越しにミルトンを透写する」ように訳したのだと胸を張った。「逐語訳」宣言である。「大して美しくもない不実な女たち」はさんざん見てきた、「たとえ美人でなくとも忠実な女のほうが好ましい」ではないか。いまこそ「翻訳の革命」を起こすときだ、云々。

何しろ少年時代のヴィクトル・ユゴーが「シャトーブリアンになるか、それとも無だ」とまで思い詰めたというスーパースターの宣言であるから、同時代にかなりの衝撃を与えたに違いない。しかしここでぜひとも強調しておきたいのは、わがジェラール青年がその約十年前に『ファウスト』の序文で、そうした新しい翻訳観を堂々、表明していたという事実である。彼は先行訳の優雅さを称えながら、それが「原文に対する忠実さを軽視しすぎたようであり、またあえて行った数々の削除も責められるだろう」と批判する。そして「一つの傑作を毀損するよりは、奇妙な箇所や理解できない箇所も残しておくほうがいい」と記したのだ。これぞシャトーブリアンに先駆ける意識改革の見事な表現ではないか。

実際、もし「奇妙な箇所や理解できない箇所」をあっさりと飛ばしてしまうことが許されるなら、『うたかたの日々』の翻訳などいかに楽な仕事になるだろう。楽すぎて、訳す価値もなくなってしまう。ぼくらはみな、不実な美女の誘惑を斥《しりぞ》ける身持ちの固さにおいて、十九歳のジェラールの仲間なのだ。

しおれた花を蘇らせる方法

ジェラール青年の仏訳が刊行されてからほどなくして、それを熱心に読んだ人がドイツのワイマールにいた。『ファウスト』の原作者その人である。

一八三〇年一月三日日曜日、ゲーテは訪れた年下の友人に向かって、「ジェラールの手になる『ファウスト』の最近のフランス訳」を手に、こう語っている。

「「妙な気持がするな、」と彼はいった。「五十年前には、ヴォルテールの支配していた言葉で、現在もこの本が読まれていることを考えるとね。こういっても、君には私の胸の中を察することができまいね。それに、ヴォルテールやその同時代の偉大な人びとが、私の青年時代にどれほど権威をもっていたか、どれほど道徳の世界全体に君臨していたか、とても理解できないだろうな。この人びとが私の青年時代にどんな影響を及ぼしたか、また彼らから自己を大切に守り、自己にしっかり立脚して自然と真の関係を保つために、私がどれだけ骨身を削る思いをしたかというようなことは、私の伝記にはあからさまに書かれてはいないのだよ。」」（エッカーマン『ゲーテとの対話』山下肇訳）

自作が「ヴォルテールの支配していた言葉」に移植されたことに、ゲーテは驚きを禁じ得ないのである。ここでヴォルテールの名は、啓蒙思想の王者という以上に、エレガントさを極めるあまりいささか硬直し、よき趣味《ボン・グー》を誇るあまり古臭くなり始めていたフランス語のあり方そのものの象徴だ。引用内の「私の伝記」とは自作『詩と真実』をさす。その第三部でゲーテは、青年時代自分がフランス文学を熱心に学習しながら、結局「あらゆるフランス的なものを一挙にして投げ棄て」るに至った顚末《てんまつ》を語っていた。「フランス文学はそれ自体が、またヴォルテールによって、老化しお上品になっていたのである」「すなわち、フランス文学は年老い、高貴であった。そしてこの二つは、生の享受と自由を求める青年を喜ばせるようなものではなかった」（『詩と真実』山崎章甫訳）。

ただし、単純に「投げ棄て」たというのは『詩と真実』の記述がいささか乱暴すぎたのであって、実はフランスの文学や思想に学び、それらと格闘しながら自らの道を切り拓くという「骨身を削る」ほどの努力を経たのだと、老いた文豪はエッカーマンに明かしたわけだ。

いま、自分の作品がそのヴォルテールの言葉をまとって目の前に現れた。ゲーテのドイツ語による創造がフランス語、フランス文学との闘いを経て可能になったのだとしたら、逆にジェラールによる『ファウスト』もまた、非フランス的なるものを噛み砕き、咀嚼《そしやく》したうえで、それをフランス語によって表現するという「骨身を削る」ような営みにほかならなかっただろう。ゲーテの思いはその点にまで及んでいるはずだ。ジェラール自身、『ファウスト』に続けて刊行した翻訳アンソロジー『ドイツ詩集』(一八三〇年)の序文において、ドイツ文学はフランス文学の対極にあるものと位置づけている。というのも、「われわれにあっては人間が想像力を支配するのに対して、ドイツ人にあっては想像力が人間を、その意志や習慣に逆らって、ほとんど与り知らぬうちに支配している」からだ。ただし彼我の差異はかくも大きいとしても、相手の服装を「それと似たものがわれわれの間では着られないからといって」馬鹿にするのは愚かなことだ。あくまで「正確で良心的」に訳すのでなければ翻訳の意義はない。そう主張するジェラールの言葉は、まさにかつてのシュレーゲルによるフランス式翻訳法批判に応答する者が、フランス側にようやく現れたことを示していたのである。『ファウスト』を「激しい高揚に突き動かされて一息に訳した」と語るジェラールは、自国の規範とはかけ離れた異質さを秘めた文学に耽溺《たんでき》することでこそ「生の享受と自由」を体験できると確信する青年であったにちがいない。

そしてもちろん、ゲーテの感慨は、ジェラールの仏訳がそれ自体、作品としての自律的生命を獲得していることに由来していた。エッカーマンの記述はこんな風に続く。

「(……)ジェラールの翻訳は、大部分散文体になっていたが、ゲーテはじつに見事な出来ばえだといってほめた。「ドイツ語では」と彼はいった、「とても『ファウスト』をもう読む気がしないさ。だが、こういう仏訳で読んでみると、全編があらためてじつに清新で生気に満ちた印象をうけるね。」」

この発言からすぐに思い出されるのは、ゲーテの詩「ひとつの象徴」である。ベルマンのくだんの著作でも引用されているので、前掲書、藤田訳を拝借させてもらおう。

「ごく最近のこと、私は野の花を一束摘んで/物思いに耽りつつ家に持ち帰った。」ところが家に戻ってみると、「抱える手の熱のせいで」花はみな下を向いてしまっていた。そこで「私」は花束を冷たい水の入ったグラスに挿す。

「と、あろうことか、奇蹟が訪れたのだ!/可憐な花たちは天を指すごとく首《こうべ》をもたげ、/葉や茎も緑鮮やかに、/だからすべてが生気を取り戻した、/あたかも母なる地に咲き誇っているかのように。」

一行空けて最後の二行で、この詩は一種の翻訳論としての姿を現す。

「同じ体験を私もした、自身でも不思議だが、／自分の歌《リート》を外国語で聴いたのだ。」

一八二八年の作だというから、ジェラール訳『ファウスト』を読んで味わった喜びが元となった詩という可能性も、ひょっとしたらあるかもしれない、とネルヴァル愛好家としては憶測をめぐらしてしまう（ここで自分の「歌」といわれているのが、『ファウスト』のような長編詩劇を指しうるのかどうかはわからないけれど）。いずれにせよここには、翻訳は何をもたらすのかという問いに対する美しい答えがある。翻訳とはすなわち、しおれた花を蘇生させる救いの水であり、いったんは衰えた生命を「母なる地」以外の場所によみがえらせる術なのだ。ゲーテがエッカーマンに語った言葉のなかの「全篇があらためてじつに清新で生気に満ちた印象」という表現もまた、同じ再生のメカニズムを指し示している。自分の仕事がそんな「水」としての役割を果たせたならと願わない翻訳者はいないだろう。

　ネルヴァルは自らの訳に対するゲーテの賞賛を長いあいだ知らないままでいた。人に言われて気がついたのは、初版刊行から二十年以上も経ってからのことだったという。

翻訳はわが作品

ネルヴァル訳『ファウスト』がゲーテの評価にふさわしい出来なのかどうかを、原作と比べて論ずる力はぼくにはない。残念ながらわがドイツ語力は大学のころ、第三外国語の授業で一年間真面目に勉強してハウフの短篇「隊商」を読了した時点が頂点であり、現在はほぼすべて忘れ果ててしまった。ぼくに言えるのはただ、十九歳のジェラールの訳文がなるほど、きびきびとした清爽《せいそう》の気あふれるもので、いま読んでも実に面白いということのみである。深夜の書斎でファウストが「この道に大胆な一歩を踏み出そう、たとえ虚無に突きあたる危険があるとしても！」と死の世界に挑む気概を語るくだりなど、ボードレール『悪の華』第二版（一八六一年）の最終編「旅」を想起させる迫力だ。「旅」の最後は、「〈地獄〉でも〈天〉でもかまわぬ、深淵の底へ跳びこむこと、／〈未知なるもの〉の奥底深く、新しいものを探ること！」（阿部良雄訳）というのである。また一転して、ファウストがグレートヒェンと初めて出会って声をかける場面は、モーパッサンの小説に出てくる女たらしのパリジャンといった風情を漂わせており、転調の軽やかさもよく効いている。未知なるものへの憧憬や、女性による救済のヴィジョンは、そのままネルヴァル自身の文学的主題を予告するものだ。十九世紀フランス文学の魅惑の数々が、このゲーテ作品の翻訳のうちに可能性として内包されているような気がしてくるくらいだ。

形式からいうと、原作がすべて韻文で綴られているのに対し、ジェラール訳はせりふ部分を基本的に散文で訳し、歌謡のパートを韻文で訳している。そこにも、原文尊重のための彼なりの判断があった。つまりもし韻を踏んで訳してしまうと、全体をフランス詩の規則に適応させた定型詩にせざるを得なくなる。自国の服装に着替えさせるよりは散文訳のほうがいっそ裏切りが少ないと判断したわけだ。

要するに、原作が読者に抱かせ得る違和感をむやみに軽減せず、できるだけ原文に寄り添って訳そうとするこうした姿勢はドイツ・ロマン派に由来するものであり、ネルヴァルはそれに鋭く共感し自ら実践した一人だった。そして現代日本のぼくらも大きくいえばその流れの中で訳している。われら翻訳家はロマンティストなのだ。ところが同時にネルヴァルは、翻訳に関して現代の人間にはちょっと想像もつかないような大胆さを披露してもいる。

これからぼくが改めて着手すべき「シルヴィ」に続いて、短篇集『火の娘たち』には「ジェミー」という小説が収められている。舞台はアメリカ、オハイオ川の流域である。若い金髪のアイルランド人女性ジェミーは新婚直後、インディアンにさらわれ、五年間も彼らとともに暮らしたあげく逃亡。無事もとの村に戻ってくるが、夫はすでに新たな妻を娶《めと》っていた。それを知ってジェミーはくるりと踵《きびす》を返し、彼女を崇拝するインディアンの酋長と結婚、子宝に恵まれるのだ。

ストーリーだけ紹介すると何だかD・W・グリフィスやジョン・フォードの映画を連想させる。そもそもこれはネルヴァルにあって唯一のアメリカ物、インディアン物であり、なぜ突然こういう題材をもってきたのかといぶかしく感じざるを得ない。いや、見事に人種のバリアを突破してしまうヒロインの果敢な行動力は、古典ハリウッド映画をはるかに凌《しの》ぐくらいである。しかも考えてみれば、そんなあっぱれな冒険を貫徹する女性の雄姿こそは、『火の娘たち』と題された作品集にふさわしいものと思えてくる。

ところがこの作品、実はネルヴァルのオリジナルではなくて、カール・ザールスフイールトなるオーストリアの作家の小説集に含まれていた一編の翻訳にすぎないことが、二十世紀になって研究者により明らかにされた。それも忠実な翻訳ではなく、大幅に短縮したいわば「超訳」だったのである。

短縮したのはともかくとして、人の作品を原作者名も記さず自分の短編集に収めてしまうとは、ぼくらにとってはかなり驚きというか、端的に言ってショッキングなことではある。フランスで出たネルヴァル全集のたぐいでは「ジェミー」を収録しないケースもあった。それは「盗作」を認めないというより、ネルヴァル本人のオリジナル作品のみを収録すべきだとする方針ゆえのことだったろう。だが近年は、この問題作をも『火の娘たち』の一編とみなし、カットしないやり方が主流になってきている。異国の他人の作品まで堂々とわがものとしてしまう姿勢に、むしろ十九世紀らしさを認め、ネルヴァルにとっての「オリジナル」意識のありかを見出そうというわけだ。

厳密に言えば、ネルヴァルは原作の存在を完全に隠蔽しているわけではない。作品の終わりに一言「(ドイツ作家に倣《なら》って)」とカッコに入れて付け加えている。ぼくなどは、この一言だけでジェラールを免罪するに十分ではないかと考える者だ。シェイクスピアであれゲーテであれプルーストであれ、どんな偉大な文学者も「(誰々に倣って)」書き始めたのだし、文学は文学から生まれるのではないか。そう認めてしまえば創作の観念はぐっと自由度を増し、幅の広いものになる。あらゆる種類の文化的交流や混血に開かれたわれわれの時代にとって、ネルヴァル流の融通無碍にはむしろ大いに学ぶべきところがある。

そう考えるうちに、「ジェミー」を訳すのが楽しみになってきた。翻訳なるものの価値の低さを嘲る言い方として古典的なものに、優れた原作はいくらでも翻訳されるが、翻訳を翻訳する者などいようか？　というモンテスキュー『ペルシア人の手紙』以来の批判がある。だが「ジェミー」を訳すことで、まさにその翻訳の翻訳を実行できるのだ。カール・ゼールスフィールトの『大西洋の彼方の旅のノート』という原作がふたたび読まれるようになる日は、まず巡ってきそうにない。しかし「ジェミー」一編によって、その一部分は確実によみがえり、別な形で存在し続ける。そう考えると何だか嬉しいではないか。

いうまでもなく、「ジェミー」に取り掛かるためにはまず「シルヴィ」を終わらせなければならない。ところが困ったことに、「シルヴィ」の翻訳こそはじっくりと、好きなだけ時間をかけて、掌中の珠といつくしみ育てたいのである。いささか逃げ口上じみた響きがあるとはいえ、そんな気持ちを、終生自らの『ファウスト』訳に手を入れ続けたジェラールならわかってくれることだろう。

4　再現芸術としての翻訳

翻訳家ファウスト

本来、あまり表にしゃしゃり出るべきではないかもしれない存在とはいえ、翻訳家には歴史上、高名な人物も多々含まれている。ファウストなどはさしずめ、その代表格だろう。ゲーテの詩劇の主人公が翻訳に手を染めていることは、意外に忘れられがちなのではないか。彼が書斎でいったい何をしていたかを、ぜひ思い出してみていただきたい。

善良なる老若男女で賑わう町を、弟子を従えて歩き、偉大な学者を畏敬する市民たちから拝まんばかりの丁寧な挨拶を受けたのち、ファウストはひとり書斎に戻ってくる。その胸中には、実は自らの学知の無力に対する苦い思いが渦巻き、書物相手にどれほど研鑽《けんさん》を積もうがむなしいという絶望を打ち消すことができない。だがともかく書斎にランプをともすと、啓示を求めて新約聖書を手に取る。

「原典を開けてみようではないか、そして今ばかりは素朴な気持ちに身をゆだね、神聖なる原典を、私の大事なドイツ語に訳してみたいのだ。(彼は一巻を開き、ふと手を止める) こう書いてある。「初めに言葉ありき」。ここで私はもうつまずいてしまう。先へ進むのをだれが助けてくれるだろう? この「言葉」の一語、私にはどうも納得がいかない。別様に訳さねばなるまい、精霊が私を照らして下さるならば。こう書いてみた。「初めに精神ありき」。この第一行をよくよく考えてみよう。ペンを急がせすぎないことだ! 万物を造り、保つのはいったい精神だろうか? むしろ「初めに力ありき」とすべきところでは。だがそう書くや、何かが私に、そこで留まっていてはならないと告げるのだ。とうとう精霊が照らして下さったらしい。霊感が訪れた、これで安心だ。「初めに行動ありき」」

ギリシア語版聖書を開いたファウストがここで示している翻訳家としての姿勢が、大変に問題含みのものであることは言うまでもあるまい。「ヨハネによる福音書」冒頭の該当箇所を、現行の新共同訳で引用するならば、

「初めに言《ことば》があった。」

である。ところがファウストは「言葉」では満足できないというのである。そして「精神」「力」のほうがふさわしいのでは、などと勝手に解釈したのち、「初めに行動ありき」という新説に至りつき満足を得るのだ。これは原文への忠実さを旨《むね》とすべき翻訳家にあるまじき態度ではないだろうか。しかも訳しているのは聖書だ。こんな訳を万一、世に問うたとしたら異端の振る舞いとしてスキャンダルは必定である。ファウストを弁護する余地があるとするなら、このとき彼の書斎には、散歩の途中からなぜかついてきた黒毛の尨犬《むくいぬ》が控えている。その正体は言わずと知れたメフィストフェレス。ファウストが翻訳の道を踏み誤ったのは、悪魔の影響がすでにして及び始めていたせいだと考えられるのである。

聖書の一行目で投げ出してしまうのだから、ファウストを翻訳家と呼ぶのはさすがに言いすぎかもしれない。しかしこの例は、悪魔と翻訳家の縁の深さを思い起こさせ

もする。マルティン・ルターは、まさしく聖書をドイツ語に訳すことで近代ドイツ語の礎《いしずえ》を築く偉業を果たした人物だが、その作業中は翻訳させまいとする悪魔の妨害にあって大変だったらしい。もちろん悪魔だけでなく、現実の人間たちによる迫害もまたこの宗教改革者を苦しめた。ザクセン選帝侯フリードリヒ三世のヴァルトブルク城にかくまわれたルターは、質素な小部屋に籠って新約聖書ドイツ語訳の仕事に打ち込んだ。そして彼の精神をかき乱しにかかる悪魔に怒り、インク壺を投げつけて追い払おうとしたのだという。ヴァルトブルク城の小部屋の写真を見ると、なるほど壁にはその戦いの記憶をとどめて、インクの黒い染みがありありと残っている(ように見える)。

逆にファウストは、ルターの向こうを張るような大業に一瞬挑みながら、悪魔の誘惑に負けて書斎を捨て、まったく別の人生を歩み出した。両者は翻訳家にとってありうる運命の二極を示しているのかもしれない。

翻訳家ベルリオーズ

右に引用した『ファウスト』冒頭の一節は、ジェラール・ド・ネルヴァルが一八二八年、「ジェラール」の名で発表した仏訳をぼくが訳してみた「翻訳の翻訳」である。十九歳のジェラールの誤訳をさらに誤訳している可能性もあるわけだが、ともあれ一読、ジェラールの文章が堂々とした散文訳になっていたことの片鱗は感じていただけるのではないか。

ジェラール青年の翻訳を老ゲーテが賞賛したことは前章で触れた。ただし慎み深いジェラール自身は自作を文豪に送ったりはしなかったのだが、彼に代わってその翻訳のことをゲーテに書き送った作曲家がいた。エクトル・ベルリオーズである。

二十五歳のベルリオーズは刊行されたばかりのジェラール訳『ファウスト』を読んで驚嘆した。『回想録』の中で、人生上の「特筆すべき事件」とまで記している。「それは並みはずれて深刻な印象を私にもたらした。このすばらしい書物はたちまち私を幻惑した。私は、もうこれを手離すことができなくなった。食卓でも、劇場内でも、街路でも、ところかまわずに読み耽った。

ネルヴァルの訳は散文訳であったが、ところどころにいくつかの断片とか歌とか頌歌などが韻文に訳されていた。私はこれに音楽をつけようという誘惑にどうしても逆らえなかった」（丹治恆次郎訳）

何しろ、婚約者に振られたときには彼女およびその結婚相手を殺害すべく、女装してピストルと自殺用の毒薬を身に帯びて追いかけたという逸話で名高い激情の人である。「ファウストからの八つの情景」を作曲し、これぞわが最高傑作と出来栄えに満足するや、ベルリオーズはただちに楽譜を自費で五十部出版、一八二九年春にその一部をゲーテに送りつけた。添え状の書き出しは大略こんな具合だ。

「『ファウスト』を久しく愛読している私は、この驚くべき作品（ただし私にはそれを翻訳のもやをとおして窺うことしかできないのですが）について考え続けた挙句、ほとんどこの作品にとりつかれたようになってしまいました。あなたの詩的想念をめぐって音楽的アイデアが立ち現れてきて、崇高な詩にわが脆弱なる和音を添いあわせるような真似は決してしまいと思いながら誘惑はあまりに強く、自分でもほとんど知らないうちに、いくつかの場面の音楽ができあがってしまったのです」

「翻訳のもや」云々とはジェラールが聞いたら面白くない文句だが、しかしゲーテがジェラール訳を読んでみようと思い立ったのはひょっとするとベルリオーズのこの手紙に煽《あお》られてだったのかもしれない。だが肝心のベルリオーズの曲については、ゲーテの友人の音楽家ツェルターは「これはメフィストフェレスの放つ硫黄の匂いに引き寄せられた挙句くしゃみを連発し、楽器を無闇に飛び跳ねさせた代物《しろもの》」と酷評、ゲーテはベルリオーズに返事を書かずじまいに終わった。

しかしゲーテが生涯を賭けて『ファウスト』を書き上げたように、ベルリオーズも博士と悪魔の物語にこだわり続け、ついに一八四六年、「八つの情景」を大幅に書き換えた、独唱および合唱入りの大曲「ファウストの劫罰《ごうばつ》」を完成させた。台本作者にはジェラール・ド・ネルヴァルも名を連ねているが、本人にはなぜか断りがなかったらしく、ネルヴァルの抗議の手紙が残っている。

オペラ＝コミック座での初演は残念ながら壊滅的な不入りで、作品自体に関しても、原作を台無しにしたとか、ファウスト像が薄っぺらでメフィストフェレスばかり目立つとか、やかまし過ぎるとか、さんざんの不評だったらしい。グランヴィルによる当時の戯画を見ると、オーケストラに交じって大砲が盛大に音符を噴き出し、観客たちは両手で耳を押さえたりひっくり返ったりしている。公演は二日で打ち切られ、諸々の費用をかぶったベルリオーズは破産の危機に瀕した。

いま聴いてみると、有名な「ハンガリー行進曲」や「妖精の踊り」なども含まれ、けっこう親しみやすくかつダイナミックな楽曲が並んでいて楽しめるのだが、そもそもなぜ冒頭から舞台が「ハンガリー」なのか。そうした疑問にあらかじめ答えるべくベルリオーズ自身が台本に付した序文での主張は、なかなか大胆である。いわく、ゲーテの『ファウスト』では主人公は救済されるのだから、「劫罰」という題からして私の作がゲーテに全面的に負っているのではないことは明らかだろう。いくつかの場面を借りたにすぎないし、これが原作を裏切っているというなら、モーツァルトの「ドン・ジョヴァンニ」だってモリエール『ドン・ジュアン』に対し、ロッシーニの「セヴィリアの理髪師」だってボーマルシェの同題作品に対し、グルックの「アウリスのイフィゲニア」だってラシーヌの『イフィジェニー』に対し、それぞれ「不敬罪」の大罪を犯している点では同断ではないか。最初ファウストがハンガリーにいるのは、そこに自分の好きなハンガリー風メロディをあしらってみたかったからにすぎない。音楽的理由があるなら、主人公を世界のどこにだって派遣してやる。ゲーテ自身、第二部ではファウストを古代ギリシアに派遣したではないか、云々。

居直りというよりも、ゲーテへの深い敬意、愛着と同時に、自らの創造に対する誇らかな思いの脈打つ文章なのだ。いわば自由な翻訳家としての音楽家の心意気が示されている。詩聖の傑作を向こうにまわして一歩も引かない勇猛さに、とにかく一字一句をそのまま移し替えることにあくせく努めている者としては、士気を鼓舞される思いがする。

再現芸術の道

つねづね思うに、音楽家とはわれら翻訳家にとって最上の、理想的な役割モデルを提供してくれる存在である。原作を楽曲化する場合以外でも、一般に楽器を奏でる演奏家の行為とは、楽譜と聴衆のあいだに立ち、楽譜を音に「翻訳」する営みにほかならない（英語でもフランス語でも、「演奏《インタープリテーション》」は元々「解釈」「通訳」「翻訳」を意味する語である）。音楽の、媒介者による「再現」に支えられた芸術としての基本的条件がそこに見出される。ヴィルヘルム・フルトヴェングラーの言葉に耳を傾けてみよう。

「なんといっても、音楽は、仲介人で結ばれています。音楽は、造形芸術のように、自分をありのままに示すことができないのです。そして、これまで聞き手に知られていなかった曲の運命は、明らかにまず第一に、演奏者、歌手、指揮者などに大いに関係します」（フルトヴェングラー『音楽を語る』門馬直美訳）

音楽は演奏者たちによって解釈され、表現されて初めて立ち現れるのであり、べートーヴェンの書いた楽譜だけでは実在しない。それはまさしく、外国語によるテクストと読者の関係と同じである。翻訳家の存在がなければ、外国語を読めない読者にとってその書物が「自分をありのままに示すこと」はまったくありえないのだから。

　では、「ありのままに示す」ために仲介人はどうすればよいのかという難問にたちまちぶつかる点においても、音楽と翻訳はあまりによく似ている。フルトヴェングラーによれば、解釈者が駄作を本来の価値以上によく演奏することは稀《まれ》であるのに対し、「よい曲を悪く演奏するのは、日常茶飯事」である。しかも一般の聴衆は、楽曲に対する知識の不足ゆえに、演奏された作品の善し悪しが作曲家と演奏者と、どちらの責任に帰すべきものであるかまったく判断できないのである。これもまた、原文がわからない読者にとって、訳文に対する評価を根本的には下しにくいのと同じだろう。名作を悪く演奏するのが翻訳家にとって日常茶飯事であるとは思いたくないけれど。

　原文に対して逐語的忠実さを心がけるのか、あるいは鑑賞者の心を揺すぶることを目指して積極的に意訳するのか。そうした二者択一がつきまとう点でも両者は酷似する。楽譜こそすべてであり、そこに書かれているとおりの演奏を実現させるべく努めるとどの指揮者もいうわけだが、その結果は千差万別である。演奏時間自体がひどく違ってしまうことだってある。手元のCDで見ると、たとえばブルックナーの雄大なる「交響曲第八番」、カラヤン指揮ベルリンフィル版は約八十一分であるのに対し、チェリビダッケ指揮ミュンヘンフィル版は約百六分。同一の曲で二十五分も違う。さて、どちらの演奏がより正しい「翻訳」なのか？　あるいは昨今、いわゆるピリオド楽器による演奏が一大勢力をなしている。モーツァルトが生きていた時代の楽器で演奏するのが正統であるとする、いわば「忠実訳」を徹底しようとする流派である。聴いてみるとまったく違った響きが胸を打つ。しかし同時に、従来のモダン楽器によるオーケストラの流麗なモーツァルトの魅力だって到底、否定はできない。さらには、解釈の差異や演奏家の個性ばかりでなく、編曲が異なれば、そこにはほとんど無数のヴァリエーションが生じることとなる。同じ「展覧会の絵」が交響曲にもなれば、ピアノ曲にも、ギターソロ曲にもなり、エマーソン・レイク・アンド・パーマーのプログレロックヴァージョンにだってなる。

そう考えるとたちまち眩惑にとらわれてしまい、この比較から翻訳はどうあるべきなのかという問題に対する具体的な指針がすぐさま与えられるわけではないことが明らかとなる。そもそも、音楽は言葉による芸術ではないという根本的差異を無視することもできないだろう。鬼才チェリビダッケは、音楽は一つの言語であるかと自問しつつ、こう即答している。

「音楽は言語とは全く異なる。言語は論証において現れる型にはまった象徴と多義的な意味合いを使う。(……)音は、人種、性別、状態、年齢といった個々の人を限定する要素とは無関係に、人間に直接語りかけ、自由な無条件反射を呼び起こす。前提条件が兼ね備わっている場合、音は、それを受け入れる主体の情動の世界に直接働きかけ、言葉では表明できない対応を見いだす」(ウムバッハ『異端のマエストロ　チェリビダッケ』齋藤純一郎他訳)

言葉では表明できない、情動の世界への直接的働きかけ。それが可能であると思わせるからこそ、音楽はあらゆる芸術の中でも特別な位置に置かれ、象徴としての意義を帯びるのだろう。「すべての芸術はつねに音楽の状態にあこがれる」というウォルター・ペイターの名言がある(『ルネサンス』富士川義之訳)。翻訳もまた、音楽の状態に深くあこがれるのである。読者に直接語りかけ、自由な無条件反射を呼び起こすことのできるような訳文を紡ぎ出せたならばどんなにすばらしいか。そしてまた、翻訳家にとって自分を一種の音楽家と考えることほどやる気を起こさせてくれることもない。パソコンのキーボードを叩きながら、実は音楽を演奏している。原書という楽譜を読み込んだうえで、そこに息づいている旋律、和音、そしてリズムをこの手で再現し、奏でているのである。もちろん、「完璧」な演奏などというものはありえないし、すべては結局のところ一過性のパフォーマンスにすぎない。それが再現芸術の宿命なのだ。だが、もし「再現」がいっさいなくなってしまったなら、そのときは音楽も、文学も、完全な沈黙に陥ってしまう。だから演奏家は演奏を、われわれは翻訳を続けるほかはない。そんな風に考えることは少なくともぼくをずいぶん、励ましてくれる。

ファウストとの別れ

翻訳の仕事をするとき――いや、一般に机に向かう仕事のときはいつでも基本的に――ぼくは音楽を聴きながらやっている。ロックばかり聴いてきたし、ジャズも好きだったのだけれど、二〇一一年三月以降、なぜかクラシック以外聴く気が起こらなくなり、にわかに、猛然とクラシックを聴いている。「ながら勉強」はやめろと中高生のころさんざんいわれたものだが、その悪癖は昂進するばかりで、むしろ音楽を聴くのが楽しみで机に向かっているような節《ふし》さえある。いかにも真剣味が足りないように思われるだろうし、だからお前の仕事はなっていないのだとどやしつけられそうである。本人としては「ながら翻訳」「ながら執筆」によって何倍にも充実した時を過ごしているのだと半ば居直りつつ、パソコンに向かい、かつスピーカーの音に耳を傾ける日々だ。

いま流れているのは「ファウストからの八つの情景」。「劫罰」の原型であり、その陰に隠れていた幻の歌曲を、佐渡裕がフランス放送フィルハーモニーを指揮して世界初録音したCDである。ネルヴァルが訳した「トゥーレの王」――亡き王妃を忘れることができない王の悲しみを語った歌――を、マルグリット役の女性歌手がしっとりと歌い上げている。アンゲリカ・キルヒシュラーガーというメゾソプラノの人で、なめらかで張りのある美声に惚れぼれする。自分の翻訳がこんな魅惑的な歌曲になるとは、ネルヴァルは幸せ者だと思わされる。

その佐渡裕のCDは『ファウスト』と題されていて、リストの「メフィスト・ワルツ第一番」やワーグナーの「ファウスト序曲」も入っている。シューマンも「「ファウスト」からの情景」を書いているし、リストには堂々たる「ファウスト交響曲」がある。グノーのオペラ「ファウスト」に加え、二十世紀に入ってもブゾーニにマンゾーニ、シュニトケにフェヌロンと、『ファウスト』の音楽化、オペラ化の試みは一向に終わる気配がないらしい。逆に、ファウストが十五、六世紀以来の民間伝承を淵源とし、民衆の喜ぶ人形芝居の題材として命脈を保ってきた伝説の主人公であることを考えるなら、そこにあるのは絶えざる翻案の歴史であり、ゲーテの作品もその一環をなすにすぎない。それはドラクロワの絵画からヴァレリーやトーマス・マンの文学作品、さらには手塚治虫『ネオ・ファウスト』に至るまで、国境やジャンルを越えて継続されていく、壮大な「翻訳」の連鎖なのだ。

ネルヴァルもまた、その滔々《とうとう》たる流れに加わった一人だったというわけだ。彼自身、そのことをよく意識していて、ゲーテの翻訳に留まらず、民間伝承としてのファウスト伝説を研究したうえで、独自の舞台芸術化のアイデアを温めていた。それをついに実現したのが、上演時間五時間に及んだという「夢幻劇」、「ハールレムの版画師」だった。劇作家として成功を収めたいというのは、他の多くの十九世紀作家と同様、ネルヴァルにとっても長年の夢であり、満を持して放ったこの大作に並々ならぬ期待を掛けていた。だが、一八五一年十二月末の初演は、ベルリオーズの「劫罰」よりはまともな出だしだったものの、観客の足はたちまち遠のき、ひと月たたずして上演は打ち切りとなった。その残念な決定を告げる劇場主からの手紙を読み終えたとき、ネルヴァルは「こぼれでる理性をとどめようとでもいうように額を両の手で覆った。次いで神経質な笑いが彼の顔を引きつらせたが、その眼は暗い悲しみをたたえ、涙で濡れていた」（『ネルヴァル全集Ⅵ』藤田衆訳）と、この劇の共作者ジョゼフ・メリーは証言している。そのままネルヴァルは精神状態に不調を生じ、入院を余儀なくされてしまった。

以後、ネルヴァルは錯乱の発作におびやかされながら苦しい晩年の日々を過ごすことになる。しかし「ハールレムの版画師」の失敗は、ネルヴァルにとって意義ぶかい方向転換をもたらした。爾後《じご》、彼は舞台での成功という見果てぬ夢を完全に断念し、文章の執筆にのみ努力を集中する。同時に、長きにわたった英雄的主人公像への執着を捨て、「私」の語りのうちにファウスト的主題を溶かし込む方向に進んだ。こうしてネルヴァル自身の文学がついに開かれた。ぼくがいま、念願の翻訳に取り組みながら遅滞ばかり生じてしまっている作品集『火の娘たち』は、ファウストとの別れによってもたらされた珠玉作にほかならない。

歌とともに訳す

ゲーテ『ファウスト』の中心的テーマとは、「時よ、とどまれ、おまえは実に美しい」（池内紀訳）の一言が思わず口をついて出るその瞬間をめざして、メフィストフェレスの導きのもと、主人公がそれまでの人生を打ち棄て、時空を超えてしゃにむに前進していく「行動」の劇のうちにある。一方、ファウスト的夢幻劇の失敗後にネルヴァルが身をゆだねたのは、むしろ逆のヴェクトルであり、「とどまる」ことのありえない、もはや失われてしまった瞬間に向かって遡行していく精神の傾きに彼は従った。そのとき、ネルヴァルの彷徨にとって何よりも貴重な道しるべとなったのは「歌」だった。つまり、彼が幼いころを過ごしたヴァロワの土地に伝わる民謡の数々、子どものころ女たちが歌って聞かせてくれたバラードの数々である。たとえば祭りの日の夕方、修道院の前の階段で少女たちの一群が声をそろえて歌っている、「小川にうかぶあひるたち」とか、「牧場に三人の娘たち」といった素朴な歌である。それらはみな、「私が聞いて育った歌」なのである。ネルヴァルはこう述懐する。

「人生の半ばに達すると、子どものころの思い出がよみがえってきます。——それはまるで、化学的方法で文章をふたたび浮き上がらせるパランプセストの写本のようなものです」(「アンジェリック」)

中世の修道士たちは、古来伝わる羊皮紙本のページに書かれた文字を削り落して、その上に聖書や典礼書を書き記した。それがパランプセスト(重ね書き写本)と呼ばれる。しかし抹消されてしまったかつての文書の文字が、上書きされた文章の背後にうっすらと浮かんで見えている場合もあったようだし、また十九世紀に入ると化学的処理によって下の文字を復活させる技法も編み出されたのである。それをここでネルヴァルは、人間の心の深層に眠りつつよみがえりの時を待つ記憶のありように譬《たと》えている。実際、パランプセストは用紙の調達難に悩む修道僧が編み出した便法という実態を超えて、メタファーとして何とも豊かな可能性を秘めているというべきだろう。『ファウスト』の一例が壮大に示すとおり、あらゆるテクストは先行テクストへの「重ね書き」であるとみなすことができるわけだし(そうしたアイデアにもとづいて批評家ジュネットは『パランプセスト』一巻をものしている)、またその顕著なケースとして翻訳を考えることもできる。あらゆる翻訳は、羊皮紙に書かれた原文を少しずつ削り落し、それを自国語で書き直していく営みなのだが、原典を知る者にとっては、削られたはずの原文は訳文のそこここに顔をのぞかせているのだ……。

ネルヴァルの『火の娘たち』に戻ろう。重要なのは、記憶のよみがえりを促す「化学的」作用を及ぼしているのが、幼いころ過ごした土地の少女たちの歌う古謡だという点である。「アンジェリック」では、彼は実際にかの地を散策しながら懐かしい歌を拾い集めていく。それが「シルヴィ」になると、夢の中で歌が聞こえてくる。「夢うつつの境《さかい》でまどろむうちに、少年時代のすべてが思い出となってよみがえってきた」。子どもたちだけの祭りの夕べ、お城の芝生の上で少女たちが輪になって踊る。そのなかでひときわ目立つアドリエンヌという名の金髪の娘とたまたま間近に並ぶめぐりあわせになって、主人公は「それまで覚えたことのなかった胸のときめき」にとらわれた。「やがて彼女はみずみずしく心に染みる、霧の多いこの土地の少女ならではの少しヴェールのかかったような声で、憂愁と恋の想いに満ちた古い恋歌《ロマンス》を一曲、歌った。そうした歌ではいつだって、恋をした娘を罰しようとする父親の意志によって塔に閉じ込められた姫君の不幸な身の上が語られるのである」。アドリエンヌの歌声に心を奪われているうちに闇が落ちてきて、月の光が彼女ひとりを照らし出す。みんなは「天国にいるような心地」に言葉も失ってしまう。

「シルヴィ」は、その歌声の記憶にとりつかれた男の物語である。人生の半ばで不意によみがえってきた「古い恋歌《ロマンス》」が、さらに他の歌を呼び覚ます。高貴な家柄の娘アドリエンヌに対抗するかのように、幼なじみの村娘シルヴィが口ずさんでいた民謡のメロディも流れ出す。それをさらに霞ませて、祭りの一日から数年後、修道院での宗教劇に出演していたアドリエンヌが舞台で朗々と歌い上げた声が、思い出の中に響いてくる。

「彼女の声は力強さを増し、音域も広がっていた。そしてイタリアの歌の際限のない装飾音《フィオリトゥーラ》が、荘重な叙唱《レチタチーヴォ》のいかめしい文句に小鳥のさえずりのような彩りを与えていた」

日本語に置き換えるならいちおうこういう風になるし、長年読んできた作品でもある。その世界は自分にとってすっかり親しいものとなっているような気がしていた。ところが、はたと弱気の虫にとりつかれる。実際のところ、これらの歌はいったいどういう歌だったのだろう。古い恋歌《ロマンス》にせよ、際限のない装飾音《フィオリトゥーラ》をもつイタリアの歌にせよ、いかにも字面だけの理解のままここまで来てしまったのではないか。失われた音楽を作中に転生させようとするネルヴァルの祈念を受けとめるなら、訳者としてはもう少しその音楽自体を知ろうと努力すべきではないのか。

さいわい、『火の娘たち』で言及されている古いフランスの民謡に関しては充実した研究書が一冊あり、いくつかの曲については楽譜まで掲げられている。ところがここで悲しい告白をしなければならない。ぼくは楽譜がろくに読めないのである。これがフランス人ならば、義務教育の課程に音楽は含まれていないのだから、楽譜が読めなくて当たり前だ。しかし、確か高校一年まで音楽の授業を受け続けてきた人間に楽譜が自由に読めないとは何と屈辱的な事態だろう。しかしその要因を検討しているひまはないので、とにかく家人に頼んで研究書の楽譜をエレピで弾いてもらったり、歌ってもらったりする。もちろん、それが幼少期のネルヴァルを育んだ歌そのものだとはいえない。とはいえ、なるほど彼にとってあんなに大切だったのは、この可憐にして朴訥《ぼくとつ》な調べなのかと多少とも納得のいく思いがした。

ではイタリアの歌のほうは？　「シルヴィ」の語り手によれば、それは『ポルポラの曲』であるという。未知の作曲家の情報を求めて検索してみると、バッハ型のかつらをかぶったニコラ・アントニオ・ポルポラの温厚な肖像が画面に現れ、さらにYouTubeで検索すると、彼が作曲した聖歌「サルヴェ・レジーナ」の演奏をすぐさま聴くことができる。女性歌手の深みのあるコントラルトに耳を傾けると、小説の描写が一気に具現してくるかのような驚きがある。

ポルポラは十八世紀、オペラの作曲に才能を発揮した作曲家で、ハイドンの師匠としても知られるらしい。ウィーンの宮廷に招かれたときは、イタリア式の華美な歌い方をことのほか嫌ったカール六世によって装飾音の使用を禁止されてしまった。しかし王にオラトリオを献呈した際、装飾をぐっと抑えた曲調によって感心させながら、最後の最後で合唱隊にこれでもかと盛大に声を震えさせ、さすがの王もそのあまりの装飾過剰ぶりに腹を抱えて笑いだしたという挿話がフランス語サイトに紹介されている。なるほど、聖母マリアを讃える「サルヴェ・レジーナ」の歌唱もところどころで声がふるふると揺れ、どこか妖しく迫ってくるような心地がする。宗教的でありながら同時に肉感的なのだ。「シルヴィ」の中で、アドリエンヌはダンテのベアトリーチェに譬えられているのだが、彼女の歌の「装飾音《フィオリトウーラ》」には色香も濃く漂っていたにちがいない。

改めて、音楽による再現、再生の力の大きさを感じさせられる。楽譜が残っているかぎり、その曲は「仲介人」を経ることで、時代を超えてすぐさま息を吹き返し、いま・ここに新たな表現を得ることができる。優しく、なまなましくあふれ出すポルポラの音色のように、古典的な文学作品に生き生きとした輝きを与えることが、自分にはできるだろうか。翻訳する人間は、常にそう自問自答しなければなるまい。

ピアニストとして、指揮者として八面六臂《はちめんろっぴ》の活躍を続けるバレンボイムとの対話の中で、いまは亡きサイードは演奏家＝解釈者論を展開しつつ、こう述べていた。

「自分のすることにどれほど説得力があるかを測るきめ手は、まさにその瞬間に作曲され演奏されたものであるかのようにそれが響くかどうかということだ」（バレンボイム／サイード『音楽と社会』中野真紀子訳）

それに対しバレンボイムは「そのとおりだ」と答えている。ぼくらもまた演奏家のはしくれとして、「そのとおりだ」と答えられなければならないのである。

5　偉大な読者たち——マーラーと鷗外

二十一世紀の『ファウスト』

すべての過ぎゆくものは　比喩にすぎない
到達しえないことが　ここでは成就される
言葉で表しえないことが　ここでは成し遂げられた
永遠に女性的なるものが　私たちを引き上げる

（岩下久美子訳）

ご存じ、『ファウスト』第二部の幕切れである。ここに引用したのは、日本語として最新の翻訳ということになるかもしれない。ぼくがそれを字幕で読んだのは二〇一一年十二月四日。さらにくわしく言うなら午後四時半ごろ、場所は東京・渋谷のNHKホール。N響の定期公演、シャルル・デュトワ指揮によるマーラーの「交響曲第八番」、いわゆる「千人の交響曲」演奏会でのことだった。

久しく真剣に耳を傾けてこなかったクラシック音楽に、にわかに猛烈な興味、関心、そして愛着がわいてきたきっかけは、CD売り場での偶然の出会いによるものだった。いつも時間を費やして検分しているロックの棚に目ぼしい収穫がなく、そばのクラシックコーナーまで足が延びた。そこでボックス類が大々的に安売りされているのに注意を引かれた。全集と銘打ったCD何枚組もの立派な箱が数千円でいわば投げ売りされている。たとえばマーラーの交響曲すべてをおさめた一箱が五千円でけっこうお釣りのくる額で売られているではないか。敷居がふっと低くなった気がして、このとき、ベルティーニ指揮のマーラー交響曲全集というのを買った。そしてたちまち、やられてしまったのである。

交響曲を第一番「巨人」から素直に順番に聴いていき、これは大変なものだと興奮を禁じえなかった。二〇一一年初夏、いま自分の希求しているものがここに巨大、壮麗な形を得て、時に複雑怪奇でもあるが、このうえなく豊かに、美しく表現されているという気がした。何かすがりつくような思いで繰り返し聴いた。ちょうどマーラー没後百年にあたっていて、いろいろな演奏に接する機会に恵まれたのもありがたかった。大枚はたいてベルリン・フィル来日公演の「第九番」も聴いた。交響曲のみでなく、「少年の魔法の角笛」や「リュッケルト歌曲集」なども生で聴いた。そんなわがマーラー・イヤーのしめくくりが、大作揃いのマーラー作品でもとりわけマンモス級のスケールを誇る「千人の交響曲」だったのである。

千人まではいかずとも、混声合唱団および児童合唱団を含め総勢六百人ほどがステージの最奥部までぎっしりと詰まった様子には、壮観という以上に何か現実離れしたものがあり、それだけで興奮を誘われる。オケに加えてパイプオルガンも鳴り響き、終盤ではそのパイプオルガンの演奏台に立った「栄光の聖母」役のソプラノ歌手がいわば天空から下界を見下ろして歌い（天羽明恵さんという名前が役柄にぴったり）、さらには二階席奥に出張したトランペット部隊がずらりと並んでファンファーレを吹き鳴らし、正面ステージにとどまらない徹底した3D効果（?）によってすさまじい音響空間を創出する。そのすべてを統《す》べるメッセージとなるのが、冒頭に引いた『ファウスト』第二部第五章の詩句というわけなのである。

マーラーによる『ファウスト』

ど素人のぼくの見るところ、マーラーの交響曲の中でもこの第八番は聴衆を「マインドコントロール」する力をもっとも直截に発揮した作品である。第一部、のっけから異様なまでの高揚をはらんだ伴奏にのせて合唱団が「ウェーニー、ウェーニー」と歌い出す。ラテン語で「来たれ、創造主なる聖霊よ」（ウェニ・クレアトール・スピリトゥス）と言っているのだがそんなことはさしあたり当方にはわからない。それなのにたちまち心のうちで「ウェーニー、ウェーニー」と唱和し始めてしまう。音楽というものの恐ろしさである。何も理解しないまま、創造主なる精霊を待望する態勢を取らされているのだ。妻への書簡を見るとマーラー自身、「ほかならぬ私のもっとも重要な作品がもっとも理解されやすいとは、考えて見ると妙な気がする」といぶかしんでいる（アルマ・マーラー『グスタフ・マーラー　回想と手紙』酒田健一訳）。

第二部は『ファウスト』だから少しは文脈が摑めるかと思ったが、実際のところそれも怪しい。「ウェーニー」で盛り上がるマーラーの第一部はゲーテの物語を辿っているわけでは毛頭なく、ファウストのせいで未婚の母となり嬰児殺しで死刑に処されるグレートヒェンの悲話に何の言及もない。それが一転、『ファウスト』最終幕に接続されるのはなぜなのか、考えてみると実に不思議な話だ。俄か勉強で次から次にマーラー文献にあたってみるがすっきりとした説明はどこにも書かれていない。しかしここでも納得などする必要もないまま、「天使の合唱」に心奪われ、最前列に並んだソロ歌手たちの熱唱、とりわけ女性歌手たちの高く飛翔していく美声に魂を摑まれ、終盤いよいよ迫力を増すオーケストラと合唱に運ばれるがまま、理屈抜きで「昇天」してしまうのだ。圧倒的なパワーで聴く者を異界に拉《らっ》し去る音楽なのである。

第一部、ラテン語の部分はカトリック教会では折々よく歌われる有名なグレゴリオ聖歌の歌詞であり、「もしマーラーが普通程度の熱心な信者で、ドイツ語のミサ典書か祈禱書の一冊でも所持していれば、その訳文などは容易に目に入った」（柴田南雄『グスタフ・マーラー』）はずなのだという。ところがマーラーは友人宛の手紙で、くだんのテクストをドイツ語に翻訳してくれと頼んでいる。つまりマーラー自身は、信仰上というより世渡りの上の必要からユダヤ教からカトリックに改宗はしたものの、その聖歌を熟知していたわけではないらしい。しかも柴田氏によればテクストには「自由奔放」な変更が加えられており、「絢爛豪華な音の絵巻、圧倒的な音量、はげしいリズム」のただなかで、「満身創痍の改変を受けた精霊讃歌」と化しているのだそうだ。そう教わると何だか、キリスト教の教義とは無関係にいわば純音響的興奮に浮かされて聴いている者としては、逆に、そんな聴き方でもいいのだと赦《ゆる》されたような気持ちになる。

強引なる〝翻案家〟としてのマーラーの剛腕は第二章にもふるわれている。歌詞は原作の最終部を適宜カットしたり順番を入れ替えたりしてこしらえたものだ。それ以上に、そもそも一万二千百十行からなる『ファウスト』全巻を最後の二百行ほど、つまりざっと六十分の一の分量にダイジェストしてしまうという発想自体が——最後の八行だけ用いたリスト「ファウスト交響曲」の先例もあるとはいえ——大胆にして決定的である。ここさえ摑めば『ファウスト』の世界は開かれる、この感動をもとにあとは各自、自由に原作に戻っていけばいいと励ましてくれるような、大らかで肯定的な精神が感じられる。

それにしても、グレゴリオ聖歌と『ファウスト』最終部を連結させた意図はどこにあるのか。よくわからないが、邦訳で見ると両者いずれにも「永遠」の観念が含まれている点が注意を引く。第一章で反復されているのはこういう歌詞である。

「光をもってわれらの感覚を強め／心には愛を注ぎたまえ／われらの弱い肉体を／永遠の力で強めたまえ」（柴田南雄訳）

それが第二章結末の「永遠に女性的なるもの」につながり、聖母マリアからグレートヒェンにいたる「女性的なるもの」の愛によってわれらは救われる、という大団円を形作る。しかもそのことを、マーラーは宗教的、精神的浄化としてではなく、強烈な官能の体験として思い描き、それをめざして創作したように思われる。何しろ彼の音楽はまさしく「光をもってわれらの感覚を強め」「心には愛を注ぐ」体《てい》のものなのだ。十九歳年下の愛妻アルマへの手紙で彼が「ゲーテの見方」について語っていることを参照するなら、ここでの愛とは実にダイナミックな概念である。「すべての愛は生産であり創造であって、生産にも肉体的なそれと精神的なそれがあり、これこそあのエロスの所産にほかならない（……）」。「交響曲第八番」のエンディングのもたらす興奮はエロスの働きに直結している。

アルマの回想――その信憑性が議論の対象となるとはいえ、神経質で興奮症で誇り高い天才の姿をいきいきと証言する、実に面白い読み物だ――には、この曲のアイデアが湧いてきたころのマーラーの様子が描かれている。「むらがり寄せる新しい交響曲のまぼろしに悩まされながらも、彼は幸福な予感に胸をふくらませ、有頂天ともいえるはしゃぎようでやってきたのだ。一冊の手垢にまみれた小さな本が彼の上着のポケットからのぞいていた。『ファウスト』だった」。

肌身離さず『ファウスト』を持ち歩き、熱心な読書を糧として音楽を創り出した作曲家の姿を彷彿とさせてくれる。とはいえ、『ファウスト』第二部最終幕とはそんなにもエロス的高揚に満ちたものだったろうか？　身体性を欠いた次元での、もう少し抹香くさい内容ではなかったか。ゲーテの作品と若い妻への燃えたぎる想いを雄渾に溶け合わせたところに、マーラーの大作は成り立った。ローマン・ヤコブソンのいわゆる「トランスミューテーション」（「翻訳の言語学的側面について」、『一般言語学』所収）、すなわち異なる表現体系への翻訳の劇的な成功例ということになるだろうか。そして聴衆は、『ファウスト』を作曲家がおのれの頭の中で楽曲に移植した、その根源的な音像を楽譜の上に読み取り、現実の音に転換しようと力をふりしぼる指揮者、演奏者、歌手、合唱者たちの大掛かりこの上ない集団的「翻訳」の作業に立ち会ったわけである。

鷗外による『ファウスト』

心身ともに強力に鼓舞された思いで会場を後にしながら、ぼくの頭に浮かんできたのは森鷗外の顔だった。いうまでもなく鷗外はわが国で最初に『ファウスト』翻訳を手がけた一人である。しかもその訳は、日本語表現の多様な可能性を示す傑作としていまだに価値を失っていない。二十二歳の鷗外がドイツに留学したのは明治十七年、一八八四年のこと。ベルリン到着後、まずライプツィヒ大学に学んだ。当時マーラーは、まだ駆けだしの指揮者だったが、八六年にはライプツィヒ市立劇場次席楽長の肩書きを得た。そのとき鷗外はすでにドレスデンを経てミュンヘンに移っていたとはいえ、ほぼ同い年の二人（マーラーが一歳半年上）は同時代のドイツの空気をともに呼吸していたのである。どこかの街角ですれ違ったことさえ、あったかもしれないではないか。それから時が流れ、鷗外は大正二年、五十一歳で自らの『ファウスト』訳を刊行した。原稿は明治四十五年、つまり一九一二年に完成していたという。いっぽう一九一〇年、マーラーは五十歳で、トーマス・マンら著名人の居並ぶ客席を前に自らの指揮で「千人の交響曲」を初演し、歴史的な大成功を収めた。というわけで、『ファウスト』訳者としての鷗外がマーラーを聴いたらどう感じただろうと想像するのは、それほど突飛なことではないのだった。何しろドイツではワーグナーの「タンホイザー」や「さまよえるオランダ人」を観て、台本に赤や青のペンで熱心な感想を書き込んでいた鷗外なのである（東京大学総合図書館の「鷗外文庫・書入本画像データベース」で検索すればその立派な筆跡を目の当たりにできる）。

マーラーが『ファウスト』の「小さな本」をポケットに入れて持ち歩いたのに対し、ライプツィヒ時代の鷗外は全集を買い込んで悦《えつ》に入っている。「ギヨオテ Goethe の全集は宏壮《こうそう》にして偉大なり」（『独逸日記』明治十八年八月十三日）。同年十二月二十七日には、『ファウスト』第一部に登場するライプツィヒの酒場を友人の哲学者・井上哲次郎とともに訪ね、「ギヨオテの『ファウスト』Faust を訳するに漢詩体を以てせば如何《いかに》などと」語り合った。ぜひ訳してみろと井上に勧められて「余もまた戯に之を諾す」と日記にあるのが（「たわむれに」とはいえ）大作翻訳への志を抱いた最初だったのか。

明治の文豪によるゲーテの古典の翻訳とは、さぞかし堅苦しくとっつきにくい労作になっているのだろうと想像する人がいるかもしれない。だが実際には、鷗外訳『ファウスト』はそんなイメージの正反対に位置する本である。大正二年に出た訳書が、二十一世紀になっても実にすいすいと楽しく読める。もちろん、格調は高い。しかし鷗外だったら難解な漢語や熟語表現などいくらでもちりばめられるところだろうが、それをむしろ抑え、平易を心がけて訳している気がする。読者に媚びるのではないが、肩の力を抜き、リラックスして、勝手知ったるこの作品を改めて楽しみながら日本語にしている印象である。

立派だと思うのは、それぞれの人物が独自の口調をもち、全編をとおして一貫した存在感を保っているところだ。キャラクターがしっかりと、ぶれることなく据えられているとでも言おうか。タイトル・ロールの博士はこんなせりふ回しで登場する。

「はてさて、己は哲学も／法学も医学も／あらずもがなの神学も／熱心に勉強して、底の底まで研究した。／そうしてここにこうしている。気の毒な、馬鹿な己だな。／そのくせなんにもしなかった昔より、ちっともえらくなっていない。／マギステルでござるの、ドクトルでござるのと学位倒れで、／もう彼此十年が間、／吊《つ》り上げたり、引き卸したり、竪横十文字に、／学生どもの鼻柱を撮《つ》まんで引き廻している。／そして己達に何も知れるものでないと、己は見ているのだ。／それを思えば、ほとんどこの胸が焦げそうだ」

書き写していて引用する手が止まらなくなるくらい歯切れがいい。出だしからしている。「はてさて」、実にくだけた口語体だ。ファウストは「己（おれ）」を使って独語している。「学位倒れ」という訳語は（原文は知らないが）お見事というほかないし、「竪横十文字に、学生どもの鼻柱を撮まんで引き廻している」というのも喚起力に富んでいる。嘆き節なのに元気がいい、それこそは鷗外の持ち味だろう。こういう一節を自ら医学博士にして文学博士である訳者がのびのびと訳していると思うと愉快になってくる。思えばあの、「我学問は荒《すさ》みぬ」という「舞姫」（一八九〇年初出）中の忘れがたい一文なども、すでにしてこのファウストの嘆きを先取りしてはいなかったか。

深刻ではあるが活力みなぎり、悩んでいてもどこか余裕があり、世間知らずだが頼もしい主人公の姿を訳文は快調に描き出していく。「マルガレエテ」を街中で見初めたときのせりふはこうだ。

「途方もない好《い》い女だ。／これまであんなのは見たことがない。／あんなに行儀が好くておとなしくて、／そのくせ少しはつんけんもしている。／あの赤い唇や頬のかがやきを、／己は生涯忘れることが出来まい」

若返ったファウストの胸の弾む思いがいきいきと伝わってきて、陽気なメロディが聞こえてくるような気さえする。それが第二部で古代ギリシアの美女ヘレナの前に出れば、ファウストは一変して雄々しく長ぜりふを響かせるのだし、二人のあいだに子どもができれば、そのやんちゃぶりに気を揉んだりもする。「己は「刹那」に向って、／「止《と》まれ、お前はいかにも美しいから」と呼びたい」と言ってばたりと倒れる最期のときにいたるまで、彼は時空を経めぐる超人的な冒険の連続を生き抜くのだ。

そのファウストの案内役にして彼の魂を狙う敵役《かたきやく》でもあるメフィストフェレスはといえば、ことあるごとに皮肉なへらず口を叩きながら物語を力強く進行させていく。書斎でひとり嘆くファウストのもとに現れたメフィストフェレスは、博士の鬱屈を心憎いほどよく理解している。「出掛けるですね。／一体ここはなんと云う拷問所《ごうもんじょ》です。／こんな所で自分も退屈し、学生どもをも退屈させるのが、／生きていると云うものですか。／こんな事は御同僚の太っ腹に任せてお置《おき》なさい。／なんだって実《み》の無い藁《わら》をいつまでも扱《こ》くのですか」。さすがに悪魔は人の弱みを突いてくるのが巧みだと感心してしまう。「お好《すき》な所へ行きましょう」「万事わたしにお任せなさると、直《すぐ》に調子が分ります」と畳みかけられれば抵抗のすべはない。「新生涯の序開だ。ちょっとおよろこびを申します」。お祝いまで言われて、ファウストは後先見ずに悪魔の広げた外套の翼に乗って飛び立つのである。

ドラクロワによる『ファウスト』挿画を見ると、メフィストフェレスの容貌は突き出た鼻、尖った顎に迫力がみなぎり、体つきも筋骨隆々で主役を圧する威容を示している。それに比べると鷗外訳のメフィストフェレスは愛嬌があり、軽妙さも漂う。「戦争のらんぼうは疾《と》うから知っていますが、／戦争のさんぼうは（……）山奥の原人で編成して置きました」などと駄洒落を飛ばしつつ、破滅の淵へと獲物を確実に追いつめていくのである。

「水到り渠成る」

ご覧のとおり鷗外訳の読みやすさは、言文一致の口語体を基調としている点に求められる。何しろこれは舞台上演を前提とした訳であり、刊行直後には第一部が帝国劇場で上演された。しかし同時に、口語体は文語体を排除せず、それどころか舞台上で

朗々と吟じられたであろう箇所は古風な雅文調が存分に採用されている。全巻の結末の合唱も、

「一切の無常なるものは／ただ影像たるに過ぎず。（……）／永遠に女性なるもの、／我等を引きて往かしむ」

と響きの高い美しい文語体になっている。聖書の文句等、原文のラテン語部分は漢文で訳出される一方、脇役の町人や庶民たちは気楽な調子でお喋りに花を咲かせ、かと思えば動物や魔物や古代の賢人や神々までもが、おのおの個性を刻印された語り口をもっている。たとえば第二部第二章で「地震の神」が不遇をぼやく場面——

「何もかも己が一人で手伝ったと云うことは、／もう大抵世間が認めてくれそうなものだ。／己がゆさぶって遣らなかったら、／世界がこんなに美しく出来てはいまい。／画を欺く美しさに見えるように、／己が押し上げて遣らなかったら、／美しく澄んだ蒼空に／あそこの山々が聳えてはいまい」

大震災後に読むと、人間ではなく地震の立場からすべてを見直す可能性を示唆される気がする。しかもある箇所では「地震《ない》の神」とルビが振られていたりする。辞書によれば「ナヰ」はもともと「大地」の意味とのことだが、転じて地震が「ない」とは

願望が込められているようにさえ感じられる。ルビ一つとっても日本語の奥深さに触れる思いを味わわせてくれるのである。

川村二郎の評言を借りるなら、『ファウスト』には「さまざまな声をまねぶことのできる翻訳者鷗外の才幹」(『翻訳の日本語』)が存分に発揮されている。「口語と文語とのないまぜが、微妙に撚《よ》り方の異る経《たていと》と緯《よこいと》を織り合わせたように、場面場面に応じた色調の変化を生みだすと同時に、いかにも巧緻な芸術品と呼ぶにふさわしい全体の図柄を浮び上らせている」のだ。ホールの正面からだけではなく、上方や背後からも音が交響するマーラーの作品に匹敵するシンフォニックな出来ばえというべきか。しかも、マーラーはあれだけの大作を五、六カ月で一気に仕上げたらしいが、鷗外もまた、第一部を三カ月、第二部も三カ月、合計たったの半年で訳しあげてしまったのである。何しろ翻訳の苦心談をご寄稿くださいと頼まれて書いたエッセイの題が「不苦心談」というくらいだ。心憎いほどの余裕綽々《しゃくしゃく》ぶりではないか。

とにかく驚異的翻訳の秘密の一端でも知りたいと「不苦心談」をのぞいてみると、こんな無謀な仕事は「苦労性の人には出来ぬ事かも知れない」とか、「私の性質と境遇とが、却て比較的短日月の間にそれをさせたのだと云っても好いかも知れない」など、一見取りつく島のない言葉が書かれている。「境遇」とは、要するに「零砕の時間を利用して」訳すほかない、超多忙の身の上をさして言うのだろう。とはいえ、実際翻訳というのは「苦労性の人」には決して向かない、よほどの楽天性を必要とする仕事であることはわれら凡才もつねづね痛感するところである。そう思って読んでいくと、優等生ぶりの鼻もちならなさを指弾する向きもある鷗外のエッセイは、実のところ率直、誠実に現場の実態を伝えるものではないかと思えてくる。たとえば鷗外は、既訳——『ファウスト』は第一部のみ、すでに複数の訳が出ていた——をいっさい参考にせず、訳了してから読んだと告白して、「やはり原文を素直に読んで、その時の感じを直写しようと思っていたからである」と述べる。拍子抜けするくらい単純な戦法だが、〝古典新訳〟に関しては、先行訳に縛られずとにかく一から自分でやってみるのがもっとも大切と信じる者としては実に共感できる一言である。

ここで言われている「直写」の意味をよりくわしく探るべく、もう一つのエッセイ「訳本ファウストについて」を見ると、そこで鷗外は、自分の翻訳はことさら「凡例として書く程の箇条を持っていない」として、次のように書いている。

「総てこの頃の私の翻訳はそうであるが、私は「作者がこの場合にこの意味の事を日本語で言うとしたら、どう言うだろうか」と思って見て、その時心に浮び口に上ったままを書くに過ぎない。その日本語でこう言うだろうと云う推測は、無論私の智識、私の材能に限られているから、当るかはずれるか分らない。しかし私に取ってはこの外に策の出だすべきものが無いのである。それだから私の訳文はその場合のほとんど必然なる結果として生じて来たものである。どうにもいたしかたが無いのである」

「知識」「材能」においてかなりの相違が彼我を隔てていることは捨象して考えるとすれば、ここで言われていることはおそらく大半の翻訳者がまさにそのとおり、と首肯するシンプルな真実なのではないだろうか。われわれはみな「日本語でこう言うだろうと云う推測」に賭けるほかなく、翻訳とは毎行が賭けの連続なのである。さらに鷗外は書く。

「兎に角私の翻訳はある計画を立てて、それに由って着々実行して行くと云うよりは、寧《むしろ》水到り渠《きよ》成ると云う風に出来るに任せて遣っているのだから、凡例もなんにもならぬわけである」

もちろん、これはただの成り行きまかせの態度というわけではない。実は鷗外は留学中、「勢い込んでゲーテの『ファウスト』にも取り掛かった」ことが最近の研究で判明しているらしい。しかし「第二部の『古代のヴァルプルギスの夜』に差し掛かったところで、訳がわからなくなり一旦放り投げている」のだという（鈴木将史「森鷗外とドイツ文学」）。そのときから四半世紀たち、翻訳の手腕も磨きゲーテへの親炙《しんしゃ》も深めたからこそ、大業はやすやすと成ったのである。

豪快なあやまち

それにしても、自らの翻訳についての鷗外の文章を読んで一驚するのは、刊行当時鷗外訳『ファウスト』がずいぶんと批評に晒され、非難すら浴びたらしいという事実である。一方には「現代語訳」による「卑俗」さをとがめ、「ファウストが荘重でなくなった」と不満を訴える人々がいた。帝国劇場での上演が五日間連続の満員という、劇場始まって以来の人気を呼んだことまでもが、文壇ではゲーテの偉大な作品に対する「汚瀆《おとく》」として受け止められたのだ。しかしこれはいかにも理解の足りない反応であり、一般読者へと古典の扉を大きく開いた訳文の清新さをこそ讃えるべきところだったろう。「とかく学術研究の檻に閉ざされがちな古典を、まず「偶像破壊」して人々に解放した大胆率直は、やはり「快事」といわなくてはならない」(田中美代子『小説の悪魔　鷗外と茉莉』)。鷗外自身、「マルチン・ルテルの聖書のドイツ訳だって、当時は荘重を損じたように感じたのだから」云々と、いかにもアンチ鷗外の神経を逆撫でしそうなコメントを加えている。

そして他方には、鷗外の「誤訳」をさまざまにあげつらい貶《おとし》める人たちがいた。とりわけ「向軍治」という人の糾弾は激しかったらしい。既訳にはない大きな過ちが鷗外訳にあると雑誌の紙上で批判を浴びせたのである。「世間は向さんの快挙を見て、それからは誤訳者と云えば私、私と云えば誤訳者、誤訳書と云えばファウスト、ファウストと云えば誤訳書と云うことにしている」。意外な話であり、鷗外がそんな風にいささかマゾヒスティックに書き残さなければ、二十一世紀のわれわれが当時のそうした事情を知ることはもはやなかったに違いない。向さんという人はどういう人なのか、大学図書館の目録を検索してみると、鷗外訳『ファウスト』の三年後に、ハンス・グロース著『採證學《さいしようがく》』という本を共訳で出した一冊が収められているのみ。犯罪学の著作のようだが、向さんは証拠集めに長《た》けた人だったのだろうと想像される。

もちろん、その非難は単なるいちゃもんではなかったのだろうし、現に鷗外訳を他の現行訳と比べてみれば「おや？」という箇所には事欠かないはずだ。そのことは右に述べたような翻訳文学としてのこの本の美質と矛盾しない。鷗外もまた自作に誤りが含まれていることを淡々と認め、「私はこれから向さんにもその外の人にも沢山教《おしえ》を受けることであろう」（「訳本ファウストについて」）と書いている。「もっと時間に余裕のある境遇にいたら、誤訳をしないだろうかと云うに、私はそうは思わない。人間のする事業に過誤のない事業はない」（「不苦心談」）。これは決して遁辞《とんじ》ではない。人間としての限界を淡々と認めているのである。だが鷗外は単に悲観して終わるのではない。

「飜訳に誤訳のない飜訳はない。あるはずである。それをあらせまいと努力するより外ない。私は私の性質と境遇との許す限り、この努力をしようと思う」

「ない」と「ある」がしのぎを削り合うような文章自体に、理想と現実に引き裂かれるほかはない翻訳者の痛ましさがにじむ。だが重要なのは、それでもなお「あるはず」から「あらせまい」へと踏み出す一歩であり、そこに鷗外の精神の根幹をなすポジティヴシンキングが現れ出る。「努力」に悲愴感をにじませるのではなく、当然の義務としてそれを晴朗な心持ちで受け入れようとする姿勢にすがすがしさを感じる。

そこからさらに、鷗外は誤訳の指摘に対する対処法を述べるのだが、これは日々恥ずかしい勘違いを犯しつつ歩まざるをえない凡愚な訳者にとっては実にありがたく、参考になる忠告だ。いわく、

「その形式［＝誤訳の指摘の形式］が座談になっているのは、その席で礼を言えば済む。私信になっているのは、礼状を遣れば済む。公開書になっているのも、罵詈《ばり》がしてあれば、棄て置いても好い。あるいは棄て置くのが最《もっとも》紳士らしいかも知れない」

誤訳問題はとかくこの「罵詈」を生じやすく、その傾向はネット社会においていっそう顕著になってきているように思う。「紳士」という言葉が耳に新鮮に響くのである。

ところで、鷗外の『ファウスト』には一つ、だれの目にも明らかな大変な間違いが含まれていた。何と、本のどこにも著者名——すなわち「ギョオテ」——が記されていないというのだ。鷗外自身は本文校正中に注意してくれた人がいて初めて気がついた。「しかし私は考えた。諺に大師は弘法に奪われたとか云うようなわけで、ファウストと云えばギョオテのファウストとなっているから、ことわるまでもないと考えた。

そしてそのままにして置いた」（「訳本ファウストについて」）。

「そのままにして置いた」って……。それでいいのか、といまさらながら心配する小心なぼくらに向かって、立派なカイザーひげを蓄えた鷗外博士が口元ににやりと微笑を浮かべてみせるような気がする。これは実物にあたって確認しないわけにはいかない。さいわい大学の図書館に冨山房から出た初版本があった。保存書庫に大切に収められている本を出してもらって検分する。「ファウスト第一部　森林太郎譯」なるほど、背にも、扉ページにも、奥付にも、どこにも原著者の名前は入っていない。第二部も同様である。失策をあっけらかんと放置した文豪の器量に舌を巻きつつ、その大ドジぶりがたまらなく好ましく思えてくる。

活字の組みもゆったりと読みやすく、太田正雄（＝木下杢太郎）の手になる装幀、デザインも好ましく、いい本だなあと感じ入りながらページを繰《く》った。するととんでもないことに、ところどころに鉛筆で線が引っ張ってあり、「誤訳」などと何者かの手で書き込みがしてあるではないか。

そのいかにも高慢ちきな筆跡に憤りを覚えつつも、ふと我が身をかえりみる。ぼく自身、たまたま人の誤りを見つけると、勢い込んで同様のふるまいに及んだものだ。

気持ちはわからないわけではない、しかし図書館の本に書き込みをしてはいけない。ぼくは消しゴムを取り出して、鉛筆書きを丁寧に消し去った。

6　永遠に女性的なるもの？

タンホイザーあるいは暴れ振り子の物語

ようやく桜が見ごろを迎えた週末、ぼくは近所の書店で立ち読みにいそしんでいた。とりあえず何もすることのない午後のひととき、ふらりと書店に入り、新刊の匂いを嗅ぎつつ一冊また一冊と気ままに手にとって立ち読みをする。これ以上の愉しみはなかなかないだろう。つくづく、本屋さんへの感謝を忘れないようにしたいものである。

いうまでもないが、客にこれほどのサービスを無償で提供してくれる販売業などほかにあるはずもない。もしこれがケーキ屋さんだったとしよう。何か目ぼしい新商品はあるだろうかと、並んでいるケーキに手を伸ばしてむんずと摑み、一口かじっては元に戻す。客がそんな狼藉を働き始めたらケーキ屋さんの商売は成り立たない。

それを本屋さんは日々、じっとこらえながら、やがて立ち読み客のうち財布を引っ張りだして一巻を購《あがな》おうという気になる人物が一人でも出現するのを待ってくれているのである。だからぼくも、せめて本屋さんに三度立ち入るうち一度は文庫本一冊なりとも買っていくことにしようと心がけている。とはいえこの日は残念ながら売り上げにいささかも貢献できないまま店を飛び出す仕儀となった。ポケットで携帯がぶるぶる震え出し、出てみると家人からの電話で、あなたは今日上野の森にタンホイザーを観に行くはずだったのではないか、何をぶらぶらしているのかと知らせてきたのである。大枚はたいたオペラの公演を完全に忘却していた。もう開始直前の時刻。これは何としたことか、慌てて家に戻ってチケットを握りしめ、駅まで走って電車に飛び乗り、二度ほど乗り換え、花見客でごった返す上野駅の人混みをかきわけてひた走り、東京文化会館のホールに飛び込む。館内には休憩終了を告げる鐘の音が鳴り響いている。息遣いも荒く座席に滑り込んだのと同時に幕が上がり、かろうじて第一幕以降を鑑賞することができたのだった。

　主人公タンホイザーが愛欲の神ウェヌスの国でほしいままに快楽をむさぼる第一幕を見逃したのは残念だったが、しかしウェヌスとの暮らしに倦《う》み、かつ罪の意識にとらわれたタンホイザーが、清純なる恋人エリーザベトの待つ故郷に戻って以降、第二幕、第三幕の展開は驚きに満ちたもので大変面白く、かつまた「歌合戦」の場面をはじめ、歌唱も演奏もこれでもかとばかり盛り上がり、家でＣＤを聴いているのとは比べものにならない興奮を味わわせてくれたのである。のんびり立ち読みなどしている場合ではなかった。

　電車の中でプログラムを読みながら帰る。「過激な、あまりに過激な」と題された解説の一文がぼくの漠とした感想を的確に表現してくれていた。信心深いエリーザベトによって蕩児タンホイザーの魂が救われる、という一応のハッピーエンドをもつかに見えてこのドラマ、到底その枠組みに収まらない割り切れなさを残す。ひとえにタンホイザー自身がことあるごとに救済に背を向け、安定した物語の枠を壊す存在と見えるからだ。ウェヌスとの官能の悦びに飽きたはずが、エリーザベトのもとに戻ってくると歌合戦のさなかに突然、ウェヌス礼讃をぶち始めたりする。「KY」(「空気が読めない」の意味で使われていましたが、もう廃れたようですね〔十一年後の注〕)とも呼びたくなるようなぶち壊し屋としての彼の資質に何とも現代的な切実さがあり、安住できない精神の煩悶がぼくらを驚かせる。そんなタンホイザーを、解説者は「暴れ振り子のように苦楽を往還してやまぬ彼」と呼んでいるのだが、見事な比喩ではないか。

解説者は音楽評論家の船木篤也氏。かつて青柳いづみこ氏邸での「新阿佐ヶ谷会」——阿佐ヶ谷文士の記憶を残すご自宅で青柳さんが年に一回開催していた集い——で、たしか船木さんと隣り合わせたことがあった。いかにも上品で穏やかな佇まいの船木さんと一緒に焼酎をがぶ飲みして、こちらはたちまち酔っぱらったのだったが、あのときもっとしっかり「タンホイザー」講義を受けておけばよかった。

それにしても「タンホイザー」の、破戒的な精神を持つ男の魂を清純な女性が命を犠牲にすることで救済するというシナリオは、『ファウスト』によく似ている。「永遠に女性的なるもの」の効力には、ゲーテの大作に比べるといささか影が差してはいるものの。

間に合わなかった男

　ワーグナーといえば、おそらく文学者としてもっとも早くその真価を認めた一人という栄誉を担うのがジェラール・ド・ネルヴァルである。一八五〇年八月、ワイマールでの「ローエングリン」初演に際し、ドイツおよびフランスの批評家たちの冷淡な扱いにあらがってネルヴァルは「独創的で大胆な才能がドイツに現れた」とワーグナーを擁護、「今後の上演でますます評価が高まるだろう」と見事に予言している。これは単なるオペラではなく新たな「音楽劇」の創出なのだとする論旨には筋がとおっており、ネルヴァルが音楽評論家として高い見識をもっていたことを示している。ボードレールやニーチェによるワーグナー論に先だってのこの論評を、ネルヴァルを研究する人間としては大いに誇らしく思いたいところだが……そうもいかないのである。なぜならネルヴァルは、「ローエングリン」初演に立ち会ってはおらず、ドイツ紀行文集『ローレライ』（丸山義博訳）に収録されたその評を、舞台を見ずに書いているこ
とが明らかになっているからだ。

　一八五〇年八月、ネルヴァルはワイマールで開かれるゲーテ生誕一〇一年記念祭に

赴き、同月二十八日にそこで上演される「ローエングリン」を観るはずだった。ところがワイマールまでの途次、鉄道事故のために足止めを食ってしまった。さらには病気にもなってしまい、結局到着したのは上演終了後の三十日になってからだった。ワイマールで彼を待つフランツ・リストに書き送った手紙の内容から、そんな事情が見て取れる。

「鉄道事故」なるものが単なる言い訳でないのかどうかは定かではない。そして「病気」とあると、ついそれが何か精神の不調、錯乱の発作を意味しているのではないかと、晩年、狂気との戦いのうちに沈んでいくネルヴァルを知る者は気をまわしてしまう。いずれにせよ面白いのは、リストがそんな言い訳とともになされた「ローエングリン」鑑賞記執筆への協力の願いをこころよく受け入れ、材料を提供してくれたという事実だ。ネルヴァルにとってこれ以上ありがたい協力者はありえなかった。何しろ「ローエングリン」初演において指揮台に立ったのはリストその人だったのだから。そしてまたリストからネルヴァルに宛てた手紙を見ると、そこにはこの不手際な作家に対する温かい友情があふれていていてほろりとさせられる。言うまでもなくリストは当時「ピアノの魔術師」として全ヨーロッパにその名を轟かせ、作曲家としても大活躍していたのに対し、ネルヴァルはまだ主著をもたぬ、『ファウスト』の翻訳家というにすぎなかった。その「格下」のネルヴァルに喜んで手を差し伸べるリストは、芸術上の同志として彼を遇してくれたとおぼしい。ネルヴァル著『ローレライ』のくだんの部分は、見逃した舞台について見たふりをしてしまった恥ずかしい文章というより（まあそうではあるのだが）、ネルヴァルとリストの共作による一種のマニフェストなのだと強弁してみたくもなる。

そしてワーグナー自身はといえば、大変喜んだようである。リスト宛の手紙で、ドイツの批評家たちの無理解を嘆いたのち、こんな風に述べている（英訳版書簡集から試訳してみよう）。「逆に、あなたからの情報やヒントに基づいて、はるか遠くの地にいる一人のフランス人が書いた知的なスケッチは何と私を喜ばせてくれたことでしょう。ネルヴァルの文章には多くの勘違いも含まれていますが、しかしそれは問題ではありません。あなたの手紙に基づいて彼が描き上げた私のイメージは、少なくとも私の意図をはっきりと明確に示してくれています。何と言っても恐るべきはドイツの芸術批評なのです」。

ワーグナーはネルヴァルの文章がリストの助けを借りた想像上の公演評であること

を知っていた。しかしそれでまったくかまわなかった。ネルヴァルは自分の意図を見抜いてくれたとワーグナーは感じたのである。

ワーグナーと『ファウスト』、そして『舞姫』

最近、ネルヴァルのことを考えると同時に森鷗外のことが思い浮かぶようになってしまった。フランスの放浪の小ロマン派文学者、生涯独身に対し、明治の国家的著名人にして「闘う家長」、作風も人生も正反対といっていいほど異なる。しかし二人とも『ファウスト』の訳者であり、ドイツ文学・文化の熱心な受容から創造への糧を引き出した点では大いに共通の軌跡を辿ったといえる。ワーグナーをめぐっても両者の関心は重なる。

もちろん、勤勉きわまる極東からの留学生・森林太郎は、公演に遅れるだの見そびれるだのといった失態はおかさず、ワーグナーの「タンホイザー」の上演をしっかり見物し、台本を入手してそこに舞台の勘所を書き留めている。赤い書き込みの文字はネット上の画像データベースでは多少読み取りにくいが、たとえばラスト、「暴れ振り子」ことタンホイザーの魂が救われんことを祈りつつ死んでいったエリーザベトの亡骸が運ばれてくる場面については「Elisabeth ノ屍《かばね》ヲ舁《か》キ来ル。死ヲ以《もっ》テ Tannhäuser ノ救ヲ求メシ也」とあり、「多感な若き鷗外は、タンホイザーに真実の愛を捧げて死んだエリーザベトに、いたく魂を揺さぶられたのであろう」（瀧井敬了『漱石が聴いたベートーヴェン――音楽に魅せられた文豪たち』）と実感させられる。

同じワーグナーの「さまよえるオランダ人」も、若い娘の純愛と自己犠牲によって主人公の呪いが解かれるという似た幕切れをもつが、鷗外はそのラストシーンについても力強い字で書き込みをしている。ぼくが知りたいのは、若い娘の犠牲的な死と、男の救済とがセットになったそうしたドラマツルギーを鷗外はどのようにとらえていたのかということである。それが『ファウスト』に直結し、ファウストとグレートヒェンの劇を反復していることを鷗外はもちろん意識していただろうが、そうした構造自体を彼はどうとらえ、評価していたのか。さらにいってしまえば「女性的なるもの」に負わされた犠牲者＝救済者の役割を彼はどこまで信じていたのか。

それがとても気になるのは、一つにはぼく自身のうちで、犠牲者＝救済者としての女性という主題に対し、実感として完全には納得しにくいものを感じるせいである。宗教的なといってもいいし、メロドラマ的と形容することもできるだろうその構図に心を動かされないわけではない。しかし単純にいってもし自分が女だったらそんな役割を背負いたくはないと思ってしまうのである。

だがそれ以上に、そうした疑問をとりわけ鷗外に対しぶつけたくなるのは、彼がドイツから帰国してすぐに書き上げた出世作があの『舞姫』であるからだ。女性が男の犠牲になる物語という意味で、『舞姫』はワーグナー的だし、さらにさかのぼって、まさしく『ファウスト』的な設定をもつ作品ではないか。

もちろん時代はまったく異なる。『ファウスト』第一部がマルティン・ルターが活躍したころと想定されるのに対し、『舞姫』は十九世紀末、同時代の物語だ。しかしまず、両方とも主人公が学のある、知的に卓越した人物であるという点が共通する。諸学を極めたファウスト博士に対して、太田豊太郎もまた若くして帝国大学法学部を首席で卒業しドイツに留学したとびきり優秀な男だ。学問一筋であったはずの両者だが、庶民の娘の色香にあっけなくやられて勉強を放り出し、甘い恋に惑溺する。しかもそれが娘にとって身の破滅を招く点も軌を一にしている。ファウスト博士の恋人グレートヒェンはファウストの子を出産し、その始末に困って嬰児殺しの大罪を犯し、投獄され、錯乱のうちに命を失う。太田豊太郎の恋人エリスもまた、早々と太田の子を身ごもってしまう。ところが太田が故国に帰っての立身出世と引き換えに自分を捨てようとしていることを知り錯乱、狂気の淵に沈むのだ。

詩劇と短編小説というジャンルの相違に目をつぶるなら、両者の筋立ては瓜二つだ。エリスのモデル探しは今日なお熱心に行なわれている。しかし実体験よりも、『ファウスト』原書の読書やオペラ観劇といった文化的体験のほうが『舞姫』の成立にとっては重要だったのではないか。『舞姫』はゲーテ、ワーグナーのドラマツルギーを「現代」日本の文語体小説に変換できるかという、一種の実験ないし挑戦として執筆された作品だったのではないだろうか。

ヒロイン像の変容

そんな素人の実感に基づく説は、すでに専門家たちのあいだで検討済みであるのかどうかが気になってくる。あれこれと『舞姫』論を引っくり返してみるが意外に見当たらない。これはちょっとした発見？　などと興奮しかかったのだが、鷗外研究の基本文献にちゃんと載っているのが見つかった。小堀桂一郎『森鷗外――文業解題〈創作篇〉』「舞姫」解説にこうある――「（……）別段少しも新しい主題ではない。徳川時代の武士と町人の社会を舞台とした人情本の中にも、大陸の清代の小説中にも同工の物語はいくらも見つけられよう。鷗外がドイツ滞在中、原書で読み、舞台の上に観劇もした『ファウスト』第一部に於けるファウストとグレートヘンといふのがまさにこの型にはまつた関係に描かれてゐる」。

自分の思いつきがまったく独創的ならざる（その限りにおいて的外れとはいえない）解釈だったことを知ってすっきりした。しかし先の疑問はなお残っている。犠牲となる女性というシナリオを、鷗外はどこまでわがこととして考えていたのか。『ファウスト』が巨編となったのは、第一部でのグレートヒェンの悲劇を、第二部をとおしての主人公の壮大な遍歴の末に「救済」のハッピーエンドまで導こうとしたがゆえである。逆に『舞姫』が短編で終わっているのは、その「救済」部分を欠いているせいではないだろうか。太田豊太郎の魂はエリスの犠牲によって救われはしない。むしろその点に短編の痛切なリアルさも宿っているわけだが、ということは鷗外にとって、ゲーテ＝ワーグナー型ヒロインは真の解決をもたらす存在ではなかったのではないか。

そうだとすると、では鷗外は『舞姫』以後、グレートヒェン的女性像を脱してその先を示すような作品を書き得ただろうか？

「最後の一句」で無実の罪により死刑になりそうになった父親を身を挺して救う娘「いち」や、「山椒大夫」で弟・厨子王を救い自らは入水して死ぬ安寿といった有名な女性登場人物たちの姿がすぐさま思い浮かぶ。しかし、それらの物語を超えて鷗外が遭遇した究極的ヒロインとは、江戸末期から明治にかけて実在した一人の女（人妻にして母親）であり、実際には会うことができなかったその一時代前のひとへの讃歌というかたちで、作家は自身にとって最高の女性像を生み出すことができたのだ、とぼくは考えたい。その女性とは幕末の医師にして学者・渋江抽斎《しぶえちゅうさい》氏の第四番目の妻、五百《いお》である。

鷗外が晩年を捧げた「史伝」ものの代表作、とはいえ『渋江抽斎』とは題名からしていかにもシブく、とっつきにくそうである。昔、石川淳の『森鷗外』を開いたらのっけから、『抽斎』こそは大傑作、それに比べれば『雁《がん》』など児戯に類し「山椒大夫」などまったくの駄作云々と断じられていてびっくりしたことがある。熱烈な言辞にあおられてすぐさま『抽斎』に没入すればよかったものを、「山椒大夫」のクライマックスの文章――「その時干した貝が水にほとびるように、両方の目に潤いが出た」――が大好きな人間としてはいささか反撥を覚えもして、実物に当たってみるのがかえって遅くなってしまった。そして結局はあえなく、なるほど『抽斎』こそ第一という思いを抱くにいたった。

石川淳によれば「古今一流の大文章」、高橋義孝は「鷗外が創造しえたもっとも小説らしい小説」（『森鷗外』）と述べ、最近でも古井由吉との対談で松浦寿輝が賛辞を捧げている。諸家の驥尾《きび》に付してぼくとしてはこれが、いったい自分の読んでいるのはいかなる種類の文章であるのか、著者の目指すところはどこにあるのかと少々いぶかしくも感じながらわくわくと読み進め、進めば進むほどいっそう驚きが増していくという、実に不思議な新鮮さに満ちた本なのであると強調しておきたい。そもそもは鷗外初めての長期新聞連載だったが、五十四歳の作者は胸躍る思いで連載と取り組んだのではなかったか。快調の理由は、ほかならぬ渋江抽斎という先人との幸福な偶然のめぐりあいにあった。

江戸時代の文書に「武鑑」なるものがある。大名や旗本の人名録の如き出版物で、鷗外は歴史物執筆のため、自らこれを蒐集し始めた。大学図書館でもまとまったコレクションがなされていない資料を、こつこつと自力で探求したのである。すると手に入れた本にしばしば「弘前医官渋江氏《うじ》蔵書記」という朱印が押されている。幕府に仕えた医者で武鑑を集める好事家がいたらしい。陸軍軍医の鷗外としては、自分が切り開いた道に先行者がいた、それも自分と似た境遇の人物らしいという驚きと興味を覚えたのだろう。しかも武鑑の起源を探っていくうち、最古の武鑑は何かという問題を考え始めた鷗外は、「正保二年」より前の武鑑にはお目にかからないことに気づいた。ところが上野の図書館にある目録の写本を見るとそこにはまさに、最古の武鑑は「正保二年」と記されているではないか。その目録には作者名はないが、文中には「抽斎云《いわく》」とあり、しかも写本にはあの見なれた朱印が押してある。

ひょっとすると「抽斎」とはすなわち「弘前医官渋江氏」なのではないか。そんな思いを抱いて調査を続けるうち、鷗外の前には渋江抽斎その人の遺族が現れ、故人の記憶がゆくりなくも明らかになっていく。書籍探索の足取りが、埋もれていた人物の発掘へとつながり、かつまたその人物について記述する試みを始動させる。そうした目覚ましくも喜ばしい連鎖が、あくまでも抑制のきいた語り口をいきいきと弾ませている。しかもそこに、三たび妻と死別した抽斎がついにめぐりあった素晴らしい女性、五百の姿が俄然、輝き出すのである。

抽斎の生涯をたどる記述が五百をめぐってもっとも精彩を放つというのは、大方の読者の実感するところだろう。地の文が落ち着き払って格調高いだけに、五百のふるまいのあれこれがもたらす勢い、活気が実に効いてくる。たとえば（と挙げたくなる例には事欠かないのだが）、彼女の少女時代の一挿話。十一、二歳で奉公に出た五百は上臈《じょうろう》づきの「部屋子《へやこ》」になった。「長局《ながつぼね》」の一廓に、鬼が出ると噂される廊下があった。男の着物を着て額に角を生やした者がつぶてを投げてきたり、灰を撒きかけたりする。夕方になるとその廊下の窓を締めに行かなければならないのだが、どの部屋子もそれをいやがり譲りあう。ところが五百は進んでその仕事を引き受ける。少女なのに自らに恃《たの》むところがあったのだ。

「暗い廊下を進んで行くと、果してちょろちょろと走り出たものがある。おやと思う間もなく、五百は片頬《かたほ》に灰を被《かぶ》った。五百には咄嗟《とっさ》の間《あいだ》に、その物の姿が好くは見えなかったが、どうも少年の悪作劇《いたずら》らしく感ぜられたので、五百は飛び附いて摑《つか》まえた。

「許せ〳〵」と鬼は叫んで身をもがいた。五百はすこしも手を弛《ゆる》めなかった。そのうちに外の女子《おなご》たちが馳《は》せ附けた」

正体不明の「鬼」を怖がらないどころか、それに飛びついて捕獲するのだからたいした少女である。メフィストフェレスだって、こんなしっかり者には手を出しにくいだろう。灰をかぶるところは灰かぶり姫＝シンデレラを思わせもする。すでにしてヒロインの資格十分なのである。ちなみにこのとき、鬼は降伏して鬼面《おにめん》を脱いだ。その正体は「銀之助」こと将来の「参河守斉民《みかわのかみなりたみ》」、徳川家斉《いえなり》の「三十四人目の子」だったという（家斉にはいったい何人の子どもがいたのか……）。

武芸のたしなみがあって男勝りの五百にはたちまち「男之助《おとこのすけ》」というあだ名がつけられた。しかも彼女は文学の素養も豊かで「新少納言《しんしょうなごん》」とも呼ばれていた。その頼もしい娘が抽斎のもとに嫁入りするのは抽斎が四十歳、五百が二十九歳のとき。以後彼女は、医業のかたわら学芸の道に打ち込み、さまざまな文人と広く交友があった夫・抽斎にとって理想のパートナーとなり、大家族を賢く切り盛りして一家に安定と繁栄をもたらすのである。とすれば抽斎とは、ファウスト博士や太田豊太郎（そして森林太郎）と同様、卓越した学識を持ち、しかもファウストや太田には望むべくもなかった家庭の喜びを享受しえた幸せ者ということになる。そして五百こそは、男のために自らを滅ぼしたグレートヒェンやエリスの轍《てつ》を踏むことなく、女として立派に自己実現を果たした傑物だった。「イオ」がイタリア語で「わたくし」を表す人称代名詞であることを、鷗外は多少なりとも意識していたのではないだろうか。

映画的演出

五百という女性の優れた人柄と毅然たる姿勢は、抽斎の人生をときおり見舞う危機の時期においてひときわ鮮やかな光彩を放つ。抽斎あやうしという情勢になってくると逆に、五百がまた何かやってくれるのではないかと期待が高まるほどなのである。

そもそも大きな子どもが三人いる家に後妻として来てくれるだけで、中年のやもめ学者にとっては恩の字だろうが、その子どもの中には吉原通いに狂っていっこうに行いが定まらない困った輩もいる。そんな不良息子に対し五百は胸のすくような対処ぶりを示す。あるいは抽斎が将軍家慶《いえよし》に謁見するという栄誉に浴することになったとき。当時、「目見《めみえ》をしたものは、先ず盛宴を開くのが例になっていた」。抽斎宅は手狭で、格式につりあうだけの大宴会を催すために新築を余儀なくされる。ところが「三十両の見積《みつもり》を以て」着工したのに「百数十両」費やしても完成のめどは立たず、抽斎の「顔色《がんしょく》は次第に蒼《あお》くなるばかりであった」。すると五百は夫に向かって、「わたくしがこう申すと、ひどく出過ぎた口をきくようではございますが」と慎ましくも切り出す。

費用の事は自分にまかせてもらえないかというのである。

「抽斎は目を瞠《みは》った。「お前そんな事を言うが、何百両という金は容易に調達《ちょうだつ》せられるものではない。お前は何か当《あて》があってそういうのか。」

五百はにっこり笑った。「はい。幾らわたくしが痴《おろか》でも、当なしには申しませぬ。」」

ご覧のとおり、抽斎を中心に据えた「史伝」の記述は、こうした箇所で小説的な書きぶりへとごくなめらかに移行している。五百のせりふとともに、近代小説が忽然と立ち現れるかのようだ。鷗外は抽斎および五百の遺児である渋江保《たもつ》と緊密に連絡を取り、資料の提供を受け、直接会って親しく話を聞いてもいる。このくだりは残存する資料には含まれていないので、おそらく遺児の証言にもとづくのだろう。いずれにせよ、「五百はにっこり笑った」の簡潔にして豊かなイメージ喚起力こそは文章家鷗外の腕の冴えというほかあるまい。男の窮地を救う女性の姿がそこにみごとに花開くと同時に、五百に寄せる鷗外の共感や信頼、愛着の念もにじみ出るようだ。

しかも愉快なのは、新聞小説という通俗なる形式が鷗外にとって制約となるどころか、これを彼が大いに愉しみ、活用していることだ。右に見たのは連載『その三十八」の一節だが、この回は五百の「幾らわたくしが痴《おろか》でも」のせりふとともに閉じられる。次の回を読まずにはいられなくなる巧みな話術ではないか。しかも鷗外はこれを単行本とするにあたり、回ごとの分け目を取りはらわずに連載形式を保っている。そこからこの作品の、重苦しそうに見えてその実きわめて心地よいリズムが生じているのだ。

「待て次回！」的サスペンスの例をもう一つだけ、「その六十」から紹介しておきたい。あるとき抽斎のもとに、某貴人を助けるための醵金《きょきん》が八百両も集まる。実務に弱い抽斎のこと、そんな大金を手元におくだけで大ピンチの雰囲気が立ち込める。するとその夜、怪しい三人組が貴人の使いを名乗って訪ねてきて、金を渡せと迫る。そのとき五百は風呂で湯を使っていた。偽の使いであることが明白な者どもに一人で相対した抽斎は、求めに応じず座したままでいる。相手は「刀の欛《つか》に手を掛けて抽斎を囲んだ」。

「この時廊下に足音がせずに、障子《しょうじ》がすうっと開《あ》いた。主客は斉《ひとし》く愕《おどろ》き眙《み》た。」

ここで「その六十」は終わりである。すうっと開く障子、あっと驚く抽斎および三人の賊の表情。そのクロースアップに対して、次なる切り返しショットは……と固唾をのんで画面に見入ってしまうような、まさしく映画的というほかはない面白さである。続く「その六十一」では一気にアクションが炸裂する。おそらく五百をめぐる挿話でもっとも印象的な場面であり、これはもう実際にお読みいただくほかはない。くの一忍術という以上に、胡金銓《キン・フー》から徐克《ツイ・ハーク》に到る最良の香港カンフー映画の伝統に連なるような、章子怡《チャン・ツイイー》あたりを抜擢して映画化してほしい名場面、などと「痴《おろか》」な者はつい口走りたくなる。

こうした、強くてしかもチャーミングな、愛すべき女性が、明治の文明開化を待たずして封建社会に確かに存在していたことを伝える点でも『渋江抽斎』の意義は大きい。逆に、明治維新はこの本の中では大事件としては扱われていない。江戸と明治のあいだに格別の断絶などなく、人々は日々を各自着実に生きている。そこに浮かび上がるのは「永遠に女性的なるもの」というよりもはるかに、「現実に女性的なるもの」である。そしていくつかの例で明らかなとおり、「女性的」という形容もその内実を相対化されている。むしろ女の魅力は彼女の内なる「男性的」要素による部分も大きいことを五百は示している。

強調しておきたいのは、そうした五百像の造形が、鷗外による「翻訳」の作業を経て成し遂げられたものであるという事実だ。先に述べたとおり、五百の最愛の息子だった保から提供された手記や覚書を頼りに鷗外は執筆した。その点をとらえて、『渋江抽斎』の価値はひとえに保による資料のうちにあるのだとする論者がまれにある。「素材上から考察すれば、鷗外の研究は僅少も力を発揮せず、保の文学的才能のみが躍如としてゐる」と唱えた一戸務の研究（「鷗外作『澀江抽齋』の資料」）がその嚆矢《こうし》だ。松本清張は最晩年の作品『両像・森鷗外』において一戸説を褒めそやし、この論文を前にしては従来の論者の『抽斎』論は「生彩を喪う」とまで述べて、保による寄与の大きさをきちんと見ようとしない研究者の不公平を糾弾している。

だがこれは、鷗外の仕事の意味を取り違えた立論ではないかと思えてならない。「ここにわたくしの説く所は主として保さんから獲《え》た材料に拠るのである」と鷗外は初めから明記しており、そこにいささかも隠蔽はない。執筆の際に鷗外の手元にあった資料はすべて東大総合図書館の鷗外文庫に収められ、重要物件はネット上でつぶさに見ることができる。ただし保による直筆の文字は不慣れな人間にはおいそれとは判読できないが、さいわいその内容は松木明知編『森鷗外「渋江抽斎」基礎資料』に復刻されている。それと鷗外作品を比較対照してみることで、おそらくだれの目にも明らかになるのは、「保の文学的才能のみが躍如としてゐる」という評がいかに偏っているか、という一事に尽きる。保の提供したものは徹底してメモ、覚書の性格を帯び、それゆえ当然のことながら一般読者はそこに「文学的」性格を感じがたい。先に少し見たチャン・ツィイー的一場面は――

「（……）三人の士が右金子《きんす》受取の為めに来た。併しその様子が何となく怪しいので、父ハ容易に渡さなんだ。（……）スルト三人ハ刀の柄に手を掛けて父を脅迫し、理不尽にも金を奪はんとした。最前よりその附近なる浴室に在りて、「何事ならん」と耳を欹《そばだ》て居たる母ハ、「コハ良人《おっと》の一大事」と、恥かしいのも打忘れ、（……）」

といった調子である。これが「作品」以前の言葉であることは論を俟《ま》たないだろう。

そんな生の素材を鷗外はきりりとした「訳文」によって変身させたのである。

すうっと開く障子や「愕《おどろ》き眙《み》」る「主客」といった細部はメモには見当たらない。それらは鷗外が情景を脳裡で反芻したときにありありと見えてきたディテールなのである。保経由で得た情報を、鷗外はすべて想像裡で生き直した。あるいはそのとき鷗外という偉大な翻訳マシーンが活発に作動し始めたのだ。想像力をかきたてられながらも、しかし保によって提供された「原作」への忠実を心がけ、自分の敬愛してやまない学者と彼を取り巻く人々をめぐる物語にひたと寄り添い続けた。そうすることで鷗外は、ドイツ文学仕込みのテーマとは位相の異なる、そしてまた自らの家庭が抱えていたもろもろの頭の痛い問題とも異なる、男女の美しい絆をそこに辿ることができた。その結果、武鑑などとは無縁の読者でさえ引きこまれずにはいられない愛情に満ちた作品が結晶したのである。

『即興詩人』や『ファウスト』といった大作からこまごまとした短篇にいたるまで、鷗外は生涯翻訳の手を休めることのない作家だった。『渋江抽斎』とはそんな鷗外であるからこそ可能となった作品であるにちがいない。彼にとっては常に、自己に先立って書物があり、他者の言葉があった。自らが発したのではない言葉に密着することによって自己の理想に達し、同時に新たな文学的創造に到る。鷗外が晩年に実現したのは、そんな夢の翻訳なのだった。

7　翻訳教育

ペダンティスム

鷗外の本の読者はしばしば、見慣れないカタカナ語に出くわす。そしていったいどういう意味だろうかと思案を巡らすことになる。有名な鷗外の衒学《げんがく》趣味である。江戸の考証学者を主人公とする『渋江抽斎』のような本においてさえ、カタカナ語はふんだんに用いられている。しかもそれが内容上、重要な局面で投入されてくるのだから読者にとってはいささか不親切かもしれない。たとえば鷗外は、江戸の武鑑に対する抽斎の情熱を自分が知らずして受け継いでいたことを知り、「抽斎はかつてわたくしと同じ道を歩いた人である」としてこんな風に述べる。

「もし抽斎がわたくしのコンタンポランであったなら、二人の袖《そで》は横町《よこちょう》の溝板《どぶいた》の上で摩《す》れ合ったはずである。ここにこの人とわたくしとの間に暱《なじ》みが生ずる。わたくしは抽斎を親愛することが出来るのである」

一巻の基盤を「親愛」の念の上に据える、大切な一節である。この「コンタンポラン」がフランス語の「同時代人」であるとすぐにわからないと、理解はしばしば滞る。とはいえ、単に「同時代人」と書いたほうがよかったともいえない。なぜならこんなところに、ありあまる教養がつい筆先からこぼれ出てしまう鷗外ならではのお茶目な魅力があり、面白さがあるからだ。鼻母音の重なるいかにもおフランスっぽい「コンタンポラン」の響きと、横町の溝板で袖が摩れ合うという情景のミスマッチが新鮮である。

とにかく『渋江抽斎』では、他の著作にもましてフランス語が愛用されているように思える。「オロスコピイ」（＝占星術）だの「テクスト」、「クリチック」だの、「ドラアム」（＝ドラマ）だの「アプロクシマチイフ」（＝おおよその）だのと、名詞であれ形容詞であればぽんぽん出てくる。それらの使用法は正確なものだが、ときに独特の表記がなされている場合がある。「批評家といわんよりは、むしろアマトヨオルというべき」などとあるのは「アマトゥール」のほうがいいと思うし、「意気沮喪《そそう》することもなく、なお幾分のボンヌ・ユミヨオルを保有していたであろう」というのは「ユムール」のほうがいいだろう。とはいえ、鷗外は実際の発音や聞き取りが苦手だったのだろうなどと邪推してはならない。何しろ自在なドイツ語力を駆使してドイツの学会で大活躍した鷗外が、「ゲーテ」を「ギョオテ」と書くのである。実際に発音できていても、それをどういうカタカナで表記するかはまた別の問題なのだ。

フランス語に関して考えるなら、一般的には〝左遷〟とみなされる人事異動によって小倉に赴任した鷗外は、さっそく地元の教会に出かけてフランス人宣教師と知己を結び、仕事のかたわらフランス語会話のレッスンに精を出していたことが、『小倉日記』の記述からうかがえる。実践練習を怠らない彼は、発音にかけて、おそらくいまどきのフランス語教師にも決してひけをとらない力をもっていたのではないかと考えられる。

フランス語に親しんでいる人間にとっては、鷗外の後半生におけるこうしたフランスびいきが何となく嬉しい。ドイツ語、それに英語だけやっていれば十分なはずなのに、「アマトヨオル」としてフランス語を楽しむ精神を大いに発揮しているのはあっぱれだ。実際、鷗外の衒学的なフランス語使用にはどこか書生っぽさというか、楽しげなところがある。三島由紀夫の評言（「鷗外の短篇小説」）を借りるなら「ペダンティスムがいかにも明朗に駆使されてゐる」のである。日本語とフランス語を競い合わせるようにして書くことが刺激となり、文章に生気が吹きこまれる。しかも大抵の場合は、フランス語がわからない読者にもいわば自力で訳出できるように配慮もなされている。「アマトヨオル」が「素人」、「ボンヌ・ユミヨオル」が「上機嫌」の意味だということは、対句的表現によって推し量れるのであり、その結果読者は未知の外国語単語を習い覚えることができるわけである。そこには啓蒙の人としての鷗外の側面も感じられる。

鷗外は同時代の自然主義作家たちのように、ゾラやモーパッサンを神と崇めて追随することはなかったし、むしろそれらの作家に見られる不道徳的傾向に対して批判的だった。とはいえ何といっても彼は、「ルウソオ」の『懺悔記』の先駆的紹介者であり、「フロオベル」の『聖ジュリアン』をはじめ同時代フランスの作家の作品も翻訳している（独訳を頼りにしてではあれ）。フランスの文学や文化に対する理解と愛着は深かったのである。そうでなければ、自分の娘たちにフランス語の名前をつけたりするはずもない。

世界通用の名

鷗外が自分の子どもたちに世界で通用する名をつけたことはよく知られているとおりだ。最初の妻・登志子とのあいだに生れた長男が於菟。たちまち登志子と離婚した十二年後に再婚した志げとの長女が茉莉、次女が杏奴、次男が不律、三男が類。男には「オットー」や「フリッツ」という、神聖ローマ皇帝やプロイセンの王様みたいな名前を与え（フリッツは「フリードリヒ」の短縮形）、それに対し女の子にはフランス女性の名前をつけている。ドイツは武張った、官の文化、フランスは華やかで芸術的な個人の文化という明治に確立されたイメージがそのまま反映されているようだ。不律が夭折したのちに生れた男児にはドイツ名を避け、「ルイ」というフランス名をつけているところにも親心がにじんでいる。

フランス名をつけられた三人のうち、茉莉と杏奴は小学校からフランス語を学び、長じては類も含め三人ともフランスの地を踏んでいる。そのなかでももっとも快楽的にパリ滞在を満喫し、その経験を帰国後、自らの奔放な想像力によって思うがままにふくらませ、特異な魅惑に輝くフランス像を描き上げたのが茉莉だった。

「仏英和女学校卒業の、一言《ひとこと》も喋れない私」(『記憶の絵』)とはいえ、茉莉にとって会話の不自由など、パリ暮らしを楽しむ上で何の障害にもならなかったようだ。小説や映画、演劇で慣れ親しんできたパリの街が、そっくりそのまま目の前に現れたのである。茉莉は毎朝目を覚まして自分がパリにいると感じるだけで陶酔感に包まれるような幸福な日々を過ごした。新婚の茉莉は、ひと足先に渡仏した仏文学者の夫・山田珠樹のあとを追って憧れの地にやってきたのだった。下宿先はカルチエ・ラタンにあるホテル・ジャンヌ・ダルクと名前は立派だが、けっこう庶民的な安宿だったらしい。つつましい下宿者たちのあいだで、山田夫妻および同時に寄宿していた辰野隆《ゆたか》——帰国後、東大仏文初の日本人教授となる——の派手な暮らしぶりはたちまち異彩を放ち、日本人仏文学者二人の教養水準の高さ、そして茉莉のエキゾチックな黒髪のあでやかさにみな目をみはった。自分はホテル・ジャンヌ・ダルクの「王女」となったと茉莉は誇らしく回想している。何しろ名前からして〝マリア〟様なのだから、ジャンヌ・ダルクに負けるはずもない。

パリジャンたちを相手にしてまったく臆さず、萎縮することなく、それどころか「巴里に着いて二日目には、「巴里」の中に自分の仲間、自分の同郷人を、見出した」（『マリアの空想旅行』）というほどの適応ぶりには、やはり留学時あれだけみごとに西欧社会に溶け込んだ鷗外の血を感じてしまう。ただし鷗外が近代日本の発展に寄与する使命を片時も忘れず、日夜勉学、研究に打ち込み立派な成果を上げたのに対し、茉莉は日本の現実など忘れ果て、ひたすら甘美な夢の中に溺れて過ごした。

「巴里という水の中で、魔利という魚は生れて始めて楽々と呼吸をした。魔利は結婚して夫と二人きりになった時より歓喜を覚えた。体中の血液が毛細管の末端まで紅く生き生きと、恍惚として流れ、魔利という一人の子供は一人の処女に化した」

このとき茉莉には日本に残してきた一歳の赤ん坊がいたことを知って読むならば、こうした箇所はいよいよ驚くべき現実への抵抗というか、現実否定を示すものと感じられてくる。「魔利」という表記にはそんな無責任に徹した自らに対する揶揄と同時に誇らしさも込められているかのようだ。そして気の毒に、母親に忘れられていたその赤ちゃんとは、のちに東大仏文科の教授となった山田𣝣先生だったのである。ぼくは幸いにも、「ジャク先生」――という風に仏文の学生たちはごく自然に呼んでいた――の退官直前の二年間、学生として授業に出席することができた。

ジャク先生が鷗外の孫だということは学生はみな知っていた（と思う）し、そもそも鷗外以外に付けることのできるような名前ではない。ジャク先生のお名前以外で一度たりと出会ったこともない「爵」という文字には、いったいどういう由来があるのかという長年の疑問が氷解したのは、ジャク先生が亡くなられて十六年たった二〇〇九年初夏のこと。神奈川近代文学館で開催された「森鷗外展」に、ジャク先生のお宅に保存されていた命名由来書が出品され、その内容が明らかになったのだ。二〇一〇年秋に世田谷文学館で開催された「父からの贈りもの――森鷗外と娘たち」展でもこの由来書は展示され、ぼくはそこでようやく実物を拝むことができた。

大正九年十一月、つまり亡くなる約一年半前の鷗外の文字は何の乱れもなく美しく、巻紙に毛筆で篆文《てんぶん》まで図示して「爵」の典故をしたためている。その説明文に目を凝らしながら、ぼくは幾度も唸ってしまったのである。

まず「爵（雀）」として、こう述べられている。「モトハ雀《スヾメ》デアル。ドチラモ説文ニアル」。説文とはいわゆる『説文解字《せつもんかいじ》』、最古の部首別漢字字典だ。後漢の時代に成立したという。鷗外は愛用の浩瀚《こうかん》な字書と首っ引きで、生まれてくる孫の名を考えたのだろう。「第二ノ義ハサカヅキデ禮ノ器デアル」。これは杯の足長の形が鳥に似ていることによる。そしていにしえの中国人は雀の鳴き声を「節々足々」と聞きとったことから、「節制」を意味するのだという。これが「名トシテヨイ字ダトオモハレル」理由を鷗外は二点にまとめている。

「一、スヾメ moineau カハイラシイ鳥デハナイカ。モシソレガ平凡デイヤダト云フナラ孔雀ハ大キナスヾメデアル。

二、サカズキ verre 象徴的ニモ面白イモノデハナイカ。外ヨリ内ヘ享《う》ケル介者デアル。ソシテソレニ節制ノ徳ガ伴ツテヰル」

ここでも鷗外はフランス語を導入して、和漢洋の文化を軽々と横断しつつ、生まれてくる孫の将来をおもんぱかっている。杯はまさしく、聖杯伝説に始まって、フランス文学をつらぬく重要なオブジェであり、中世文学と近代文学の二つを専門として仏文研究に打ち込んだジャク先生にとってこれほどふさわしい象徴はなかったろう。「外ヨリ内ヘ享ケル介者」とは、フローベールの名訳者としての先生の業績を予告する素晴らしい表現になっている。そしてまた先生は大変、杯を乾すのがお好きな方だったのであり、その点においても祖父の命名は予言的中だった。ただし鷗外は、あまりそちらの才能ばかり伸びても困ると思ったのか、「酒ハ飲ミスギテハイカヌ。（……）「オット、、」ト云フ心持デアル。（……）Modération ノ義デアル」と、ここでもアクサン付きのフランス語単語をまじえ、節度《モデラシオン》の大切さを説いている。

まだ見ぬ孫に対してかくも深い思いやりの心を寄せる鷗外の温かさに打たれつつ、ぼくがもっとも感動したのは第一の語義、「スヾメ」についての「カハイラシイ鳥デハナイカ」という言葉だった。ぼくの知るジャク先生は、何しろ退官間近であったから、すでにして押しも押されもせぬ大家であり重鎮というべき存在だった。だがわが記憶――そしてまた、わが同級生たちの記憶――に刻まれているジャク先生とは、大変に「カハイラシイ」人であった。その何ともチャーミングな、愛すべきお人柄にわれわれは強く惹かれたのである。

巻紙の最後に鷗外は、これが「世界通用ノ名トナル」ことを記している。ジャク先生は世界をまたにかけて活躍するといった精力的タイプではなかった。飄々とした風貌には「世界通用ノ名」を名乗る気負いなどみじんもなかった。鷗外を祖父、茉莉を母にもったこと（そしてまた早世した仏文学者・山田珠樹を父に持ったこと）は先生の人生にさまざまな曲折を及ぼしたにちがいない。しかしそれをさほど重荷とはせず、自らの世界を営々と深め続けてきた人物であることは学生にもすぐさま了解できたのである。

古仏語演習

実をいえば仏文の学生時代、ジャク先生の訳業のことは知らなかったし、また論文等を目にしたこともなかった。そもそも、教壇に立っても伏し目がちで学牛を見ようとしないほどの含羞《がんしゅう》の人だった。そうした恥じらい深さに、自らの仕事に対する要求水準の高さが加わってのことと推察するが、あまり表に出る仕事をなさってはいなかった。

だが、そうしたこととは関係なしに、受講し始めるや早々に、これこそは翻訳名人にちがいないと小生意気《こなまいき》にも確信したのは、ひとえに授業におけるジャク先生の日本語の素晴らしさに舌を巻いたからだった。

先生は教壇上で、少し猫背ぎみに背中を丸め、俯《うつむ》いたまま訳をつけていくのだが、その口調におずおずとしたところはない。雄弁ではないが歯切れのいい口ぶりである。

上野桜木町生まれの、江戸っ子らしい（とはいえ二代前は石見国津和野の人だから厳密な意味で江戸っ子とは認定されないのかもしれないが）しゃきしゃきとした語り口に耳を澄ますだけで小気味がよく、愉快なのである。

だがもっと愉快なのはそうやってよどみなく披露されていく訳文のほうだった。フランス語の原文が緻密かつ明快にときほぐされ、あざやかな日本語に仕立て直されていく。その訳文自体が十分に魅力的で、固有の躍動感をたたえて原文と競り合っている、そんな印象を与える。そして「おや」と思うくらい自由な、勢いのいい表現が飛び出してきて一驚させられることもしばしばだった。

いまも忘れがたいのは、古仏語演習での『オーカッサンとニコレット』を読む授業である。韻文と散文が交差するかたちでつづられる独特な形式にもとづく、十三世紀の「歌物語」で、南仏の王子と回教徒の女奴隷とのあいだの可憐な恋が描き出される。岩波文庫版の訳者、川本茂雄氏は「今から七百年も前にフランス北部で作られた夢のやうな物語」、「『暗黒時代』と屢々《しばしば》呼ばれる中世紀に咲いた、美しい異色の花」と賞賛している。そこに表現された優美な人間観、清新な恋愛観ゆえに、ウォルター・ペイターは「これを古典復興に遥かに先駆する、文芸復興の早咲きの花」と形容したのだという。

そんなうるわしい名作をめぐって、いまなおぼくの記憶から消えようとしないのは、三十三年前にジャク先生が訳読中に発した「このスットコドッコイ野郎めが」という訳語なのである。それが原文の何という単語――ののしりの文句に違いない――に対応するものだったかという肝心の事柄は忘却の彼方であり、川本訳を眺めていてもジャク先生の威勢のいい訳語にあたる部分を割り出すことはできそうにない。たとえば王子が奴隷女に恋焦がれていくさも忘れているのを嘆いた王様が発する、川本訳によれば「そちは何たる惨めな、腑甲斐なき奴ぢや！」というせりふだろうか。それともオーカッサンがのちに某国国王に向かって放つ、「何してあるぞ、呆《たは》け者？」というせりふだろうか。いずれにせよ、「スットコドッコイ野郎」は強烈だった。大げさにいえばその衝撃が、ぼくに翻訳のなんたるかを教えてくれたのだ。

一方でそれは、はるか大昔の異国の作品とはいえ、干からびたものとして扱う必要など毛頭ないのであると告げる訳語であった。それどころか、そこにいきいきと脈打つ生命を思い切りよく摑み取ることこそは古典に相対するときの礼儀であると、ジャク先生は身をもって示してくれているように思えた。同時にまた、そこには文学をしかつめらしいお勉強に変えてしまうようなことだけはしたくないという気構えも感じ取れた。教室で教材として取り上げているからといって、面白いものを退屈なものにしてしまうのは許されない。訳読という行為自体のうちに文学の愉しみがおのずから溢れ出るようでなければならない。そんな信念を、ジャク先生はもちろん力んで主張することはなしに、学生たちのむちゃくちゃな訳——何しろ古仏語のイロハを学びながらの訳読である——を順次丹念に訳し直していく、ごくつつましい営みをとおして伝えてくれたのである。

だがこの一例だけでは、勢いまかせのあてずっぽうな豪傑訳と誤解されかねない。ジャク先生がきっぷの良さだけで勝負するのでは毛頭なく、フランス語の読解においても実に細やかにして緻密きわまる吟味検討を重ねる人だったことも強調しておかなければならない。その過程でもちろん、辞書を見ればすぐ出ているような出来合いの意味はたちまちひっぺがされていく。これもまた記憶から消えない事柄の一つに、“plus ou moins”という定型表現をめぐるジャク先生の説明がある。plus はプラス、moins はマイナスにあたる副詞で、その意味は「多かれ少なかれ」ということに（少なくとも、辞書のレベルでは）決まっており、これが出てくるとだれもが迷いなくそう訳す。だがジャク先生があるとき言われるには、「多かれ少なかれ」一辺倒ではいけない。そもそも「プラスのときもあれば、マイナスのときもある」という言い方なのだから、その形に戻って考えてみる必要もあるのだという。そう言われてみると「多かれ少なかれ」では収まらない例が目に入ってきて、なるほどと得をした気持ちになる。同時にこの指摘が、「プラス」と「マイナス」のあいだで揺れる針の先のふるえを慎重に見極めながら訳語を探り当てようとするジャク先生自身の精神の作用を如実に示しているように思えるのだった。

ジャク先生訳フローベールについて、そこに登場するさまざまな種類の馬車が「軽装二輪馬車」「大型四輪馬車」等と細かく訳し分けられていると、馬車のエキスパートたる鹿島茂さんが指摘していた（『馬車が買いたい！』）。細部をおろそかにしない訳者の面目躍如というところだろう。そうした神経の細やかさが「スットコドッコイ野郎」の乗りの良さと矛盾なく共存して、魅力あふれる日本語訳を生み出していくのである。いまにして思えば、ぼくにとって文学部での「演習」の授業とはそうした創造的プロセスに触れる機会であり、翻訳への意識を高めるための実践の場だった。もちろんジャク先生の授業ばかりではない。二宮敬《たかし》先生のルネサンス演習、菅野昭正先生の象徴詩演習、いずれもフランス語による作品を日本人としてどう読むのか、その模範を身をもって示す講義であり、学生はテクストに肉薄する読解とはどういうものかを学ぶとともに、翻訳はいかにして可能となるのかをも同時にうかがい知ることができたのである。

それらわが恩師たちの中でも、最年長のジャク先生はとりわけりゅうとした出で立ちをなさっている点で際立っていた。いかにも仕立てのいい高級そうなスーツを召されているのである。どうしていつも立派なスーツを着て授業をしているのかと直接、先生にぶしつけな質問をした先輩がいたらしい。「持っているスーツを着ていく場所がほかにないから」というのが先生の答えだったという。そんな風に受け流すとき、ジャク先生のお顔にはぼくらのよく知るあのやわらかなほほえみが浮かんでいたことだろう。息子のそのほほえみは「豊太郎［＝鷗外のこと］から遺伝した素晴しい微笑《わら》い」なのだと森茉莉は書いている（『マリアの気紛れ書き』）。

愛情ある翻訳

ジャク先生の訳によるフローベール、『ボヴァリー夫人』および『感情教育』は二十一世紀になって文庫化された。前者が最初に出たのは一九六五年、後者は一九七二年だが、長い時の隔たりをまったく感じさせない訳文の仕立てのよさ、生きのよさに改めて感服するばかりだ。

とりわけ『感情教育』はぜひともジャク先生訳で読んで、「その面白くないことは、ちょっと類がない」（モーム『世界の十大小説』）などと貶《おとし》める向きもあるこの長編の真価を存分に味わいたいものである。物語は「一八四〇年の九月一五日」、セーヌ河岸から出る蒸気船の動きとともに始動する。朝靄ごしにパリの景色を見やる「十八歳になる長髪の青年」が主人公である。

「この青年、フレデリック・モロー君は、最近大学入学資格試験《バカロレア》を通って、ノジャン＝シュル＝セーヌへ帰る途中だった」

まったく何気ない一行だけれど、さすがはジャク先生だと嬉しくなる。「フレデリック・モロー君」である。原文はM. Frédéric Moreauで、M.はもちろん「ムッシュー」の略だが、別にどうしても訳さなければならないわけではあるまい（現に岩波文庫の生島遼一訳では省かれている）。だがジャク先生は、作者が主人公を呼び捨てにしていない点に鋭く反応している。それを「君」の一語で受けとめることで、いかにも親しげな、打ちとけた雰囲気が醸し出されるのだ。

そうやっていちいち見ていくと感心させられることばかりで、先生による翻訳教育の恩恵にいつまでも浴し続けられる有り難さを感じる。モロー君が蒸気船を下りてからのこんな一節はどうだろう。甲板上に忽然と現れた「幻影」のような人妻、アルヌー夫人の姿に魅せられ、恍惚となりながら近づきになる機会もつかめずに終わった青年は、ノジャンに迎えに来ていた「軽装四輪馬車」に乗って実家に向かう。車中、彼の想いは改めてかの女性に向かう。

「そのときは気にとめなかった細かな事柄、ひとしお胸にしみる情景の数々が、かえっていまになってまざまざと思い出された。あのひとのドレスの裾のいちばん下の襞《ひだ》飾りから、栗色のかわいい絹靴をはいた足がのぞいたっけ。ズックのテントがあのひとの頭の上に広々と天蓋《てんがい》のようにかかっていた。そしてテントの縁《へり》の小さな総《ふさ》はそよ風にそよいでいた、いつまでも」

「のぞいたっけ」というくだけた述懐の調子によって、読者は青年の心のうちに誘いこまれ、その胸のときめきをともに感じることができる。一見こまごまとした些細な描写と見える部分が、エモーションを帯びてつややかに輝いてくる。「いつまでも」

という副詞表現で終わるのは、副詞 perpétuellement を最後に強調的に配した原文の構造自体に対応する。

こうして主人公の気持ちに寄り添ったすぐあとで、文章はより客観的な、かっちりとした文体を取り戻す。

「アルヌー夫人は彼の目にロマンチックな物語のヒロインとも見えた。そのひとの身に何ひとつ付け加えたくもなければ、何ひとつ取り去ることもしたくない。世界は突如、いましも広大無辺と感じられ、天地万物がただ一点に集中する、その輝かしい一点が彼女だった。——馬車の快い振動に身をまかせ、瞼《まぶた》をなかば閉じた目を雲のかなたに遊ばせて、彼はただ夢見心地《ゆめみごこち》に、かぎりないよろこびにひたっていた」

前の段落と打って変わって、四文字熟語がつるべ打ちされ——原文の抽象名詞に対応——、文章は一種硬質な手応えを感じさせつつ、このとき青年にとってアルヌー夫人がどのような存在になったかを解説する。しどけなさばかりでなく、ここぞというところでは漢語を用いて調子を引き締める。その匙加減におのずから訳者の力量があらわになる。「夢見心地」のあとのひらがなの連なりがまた実に柔和で、まるでバラ色の雲につつまれるようだ……。

とはいえ、こうしてジャク先生訳フローベールに引き込まれていくときに感じるのは、練達のテクニックの数々は決してそれ自体が目的なのではなく、あくまでも原作への深い愛着の表れであるということだ。著書を残そうとしなかったジャク先生だが、没後編まれた貴重な一冊『フランス文学万華鏡』があり、ぼくは常に座右において読み返している。小文の集成だが、文章家としての先生の魅力を堪能させてくれる素晴らしい一巻なのだ。そこに収録された「受売りと感想」なる一文――教養学部のクラス誌のために書かれた文章というから、いかに先生が仏文専攻の学生だけでなく一般の学生にも好かれていたかがわかる――で先生は、フランス小説がときとして不道徳的な内容をもち、冷酷な写実を示すことに触れている。だが、罪深い人物たちをどれほど悲惨な境遇に導こうとも、「小説家の心は「可愛い子に旅をさせる」親心に近いものがある」のだと主張する。

「我々が小説の頁を追って彼ら主人公達の一生を辿ってゆくうちに、我々の心の中には次のような現象が生ずる。いつしか作者の主人公に注ぐ愛情が我々に伝わり、我々の心臓は彼ら主人公の心臓と共に鼓動するに至るのである。主人公は聖人君子ではないから道徳的な過ちを犯す。しかし、その過ちは傑作小説の主人公の場合、決して非人間的であることはない。我々が特に頑《かたく》な心を持っていない限り、『チャタレイ夫人』を点検する検事の眼で小説を読むのでない限り、必ず我々は主人公達の犯す過ちに共感乃至同情を覚える筈だ」

愛情、共感、同情。文学論として、ジャク先生の用語はナイーヴ過ぎるといわれるだろうか。だがここに描かれた「現象」こそが、われわれの読書体験を、そして文学体験を支えているはずだろう。とりわけそうした現象が「心の中」で生じ、訳者の心臓が「主人公の心臓と共に鼓動する」のでなければ、翻訳――ジャク先生が実践なさったような翻訳――などそもそも成立し得ない。それは作品と登場人物に対し存分に愛情を注ぐ、このうえなく「人間的」な営み以外の何物でもなかったのである。

もう一段落だけ、ジャク先生訳『感情教育』から引用しておきたい。フレデリックは馬車を下りる。「ブレに着くと、馬にからす麦をあてがうひまを待たずに、ひとり先に街道を歩いて行った。アルヌーはあのひとのことをマリと呼んでいた。「マリ！」と大声でさけんでみた。声はむなしく宙に消えた」

この「マリ！」という叫びにはいささかたじろいでしまう。音引きをつけて「マリー」という表記もあり得ただろうが、「マリ」が選ばれている。突然そこに「茉莉」の面影が重なるのを覚える。フレデリックの一生を支配しながら、しかし決して彼に幸福をもたらすことなく終わる長すぎた恋の相手が自らの母と同じ名をもつことを、訳者はどう感じていただろう。しかもその人妻マリ・アルヌーの夫にして、押し出しの強いやり手の画商であるアルヌー氏の名は「ジャック」なのだ。ジャック&マリ夫妻――その偶然を訳者は胸中でどう受け止めたのか。

いや、おそらくジャック先生はそんな点にことさら妙味を見出すことなく、フローベールの織り上げる物語に虚心に没入したにちがいない。要するにこのふしぎな符合は、ジャックもマリも鷗外の言うとおり「世界通用の名」なのだということをあかし立てているにすぎない。とはいえ、自らの偏愛してやまない作品の主要人物たちが自分や自分の母親と同じファーストネームをもつという事実は、訳者の愛着をいっそう高まらせたのではなかったかという想像も禁じがたい。フローベールの小説に自分や自分の母親と同じ名の人物が出てくるなどという日本人は、まずいないだろう。ジャック先生は何といっても特別な星のもとに生れた人だったのである。

8　合言葉は「かのように」

交響楽の喜び

東京の秋は何しろ大変だ。映画祭もあれば、注目のコンサートも次から次にあって日程調整に苦労する。チケット代がかさんで仕方がない。出費過多を指摘する内心の声をおさえつけ、〈ヨーロッパまで行って聴いてくるのに比べれば安いもんだ〉とか、〈ロックバンドと比べて何十倍の人数なのに、交響楽団の料金は何てお得なんだろう〉とか、はたまた〈車も持っていないのだから許してほしい〉などとわけのわからない理由までひねり出して自分を納得させ、いそいそと出かけていく。今日は大好きなヘルベルト・ブロムシュテットさんの指揮によるバンベルク交響楽団のブルックナー第四番である。先般のクリスティアン・ティーレマン率いるシュターツカペレ・ドレスデン——十八世紀、すでにジャン＝ジャック・ルソーが賞賛していたこの名門オケを、森鷗外はドレスデンに留学中、聴きにいっただろうか——の弦の響きにも陶然となったけれど、今夜のバンベルクはどうだろう。とにかく、交響楽が面白くてたまらなくなってきた。鷗外への感謝を忘れまい。なにしろ「交響楽」や「交響曲」という翻訳語を作ったのは彼なのだから（明治二十九年発表の一文「西楽と幸田氏と」を見よ）。ちょうど二〇一二年は鷗外の生誕百五十周年であり、それを記念して開催された鷗外訳詞によるグルックの歌劇「オルフェウス」の上演にも駆けつけたかったが、残念ながらエリアフ・インバル指揮、都響のマーラー・ツィクルスと重なって涙をのんだ。あのマーラー第三番もじつに素晴らしかった……。

わくわくしながらサントリーホールに入っていくと、ロビーでＩ・Ｋさんと遭遇した。Ｉ・Ｋさんは東京国際映画祭のアジア映画部門プログラミング・ディレクターで、われわれが活きのいいアジア映画の数々と出会えるのはＩ・Ｋさんのおかげなのである。今回もプレスパスを頂戴して、韓国の野球映画や、カザフスタンの監督が『罪と罰』を映画化した作品、もちろん香港映画、そしてカンボジア・ホラー黄金期の代表作だという『怪奇へビ男』などを拝見した。これまでお会いしたとき、音楽の話など一度もしたことはなかったが、コンサートによく通っておられるらしい。今日はこの秋一番の楽しみなんですよ、と顔をほころばせるI・Kさん、いつもダンディな人だが、この日はさらに二割増しくらいお洒落度が高い。そもそもサントリーホールの周囲の男女はどなたも高級感ただよう装いで、少し居心地悪さを覚える。つい、家で仕事をしていたチェックのネルシャツにコーデュロイのパンツなどという格好のままで来てしまった。ブルックナーといえば緑豊かな自然の光景が目に浮かび、田舎の教会、広々とした農場といった連想で、ネルシャツでいいじゃないかと確信犯的にやってきたのだが、やや周囲から浮いていることは否めない。ともあれ、I・Kさんのおかげで『怪奇へビ男』とブルックナーが堂々、両立することが保証された気がして嬉しい。

そしてコンサートは、今後ずっとわが心の宝になるだろうと思えるほど聴きごたえのあるものだった。いくつもの驚きが待っていた。前半、ピョートル・アンデルシェフスキを迎えてのモーツァルトのピアノ協奏曲第一七番。CDで聴くと可憐で軽やかな、なかなかいい曲という程度の感想なのだが、こんなに張りつめた緊張と立体的な奥行きのある曲だとは。ピアノの弱音の滴り落ちるような魅力に酔わされた。アンコールがまた見事だったのが第二の驚き。嬉しいことに、このところ日々聴いていたバッハではないか。ハープシコードふうの弾き方が新鮮で面白い。そしていよいよ、お目当てのブルックナー第四番。

巨大な傑作の並ぶブルックナーの交響曲の中では、むしろ平凡なほうかなどとたかをくっていた愚かさを思い知らされ、気迫あふれる演奏に心を揺さぶられた。ブロムシュテットのきびきびとした指揮に楽団員全員がくらいついていった結果、これほど晴朗で力強い音響の世界が出現したのだ。第三楽章冒頭で呼びかわす、金管のやわらかな響きに魂を奪われ、あとはもう雲の上の高い頂きに運ばれていくような夢見心地に浸るばかりだった。八十五歳にして、青年のごとき溌剌《はつらつ》とした身のこなしのブロムシュテットは、二〇一三年の秋もすでに来日が決まっている。いまから楽しみでならない。

楽団員たちが下がってからも鳴りやまない拍手に応じて、背筋のぴんと伸びた長身のマエストロが二度、ステージに戻ってきて挨拶し、ようやくコンサートは終わった。

出口にアンデルシェフスキの演奏したアンコール曲の題が貼り出されていた。曲目を確認し、改めて感銘に浸った。

「バッハ作曲『フランス組曲』第五番より　サラバンド」

コンフィデンス

何しろぼくはこの秋、『フランス組曲』という小説の翻訳をようやく完成し、無事刊行にこぎつけたばかりだったのだ。イレーヌ・ネミロフスキーの遺作長編である。イレーヌは一九〇三年、当時はロシア領だったキエフ（現ウクライナのキーフ）のユダヤ系大富豪の一人娘として生まれた。その時期にそういう家に生まれ落ちるということは、二十世紀前半の人類が経験した大悲劇をつぶさに味わう宿命を背負っていたということにほかならない。実際、イレーヌの人生はロシア革命の嵐で一変し、さらには第二次大戦におけるユダヤ人迫害の荒波に巻きこまれて、三十九歳で命を落とすこととなったのである。

ロシアの上流階級の常として、家庭での会話はフランス語だったせいで、命からがらパリに逃げのびたとき、言葉で苦労することはまったくなかった。パリ大学文学部を卒業後、二十代で矢つぎばやに小説を発表し、人気作家としての地位を確立した。非宗教的な家柄に育ち、フランスに来てからは夫や娘たちとともにカトリックに改宗もしており、ユダヤ人としての自己同一性は彼女のうちでは希薄になっていたはずだ。だがナチス・ドイツの見方は異なった。一九四一年、彼女はフランス人憲兵にとらえられてアウシュヴィッツ強制収容所に送られ、翌年、死去した。そもそも強制収容所が何を目的として建設されたものなのかも知られていなかったのだから、彼女は最後まで、自分の運命がいったいどうなるのかわからないままだったに違いない。ナチスによる占領以降、身に迫る危険をひしひしと感じながら、彼女はノートに細かい文字をびっしりと書きつけていた。それが『フランス組曲』だった。六十余年の長い歳月を経て二〇〇四年にようやく活字化された長編は、その息もつかせぬ面白さによってたちまち評判となった。ぼくもすぐさま一読して、これは何としても日本に紹介したいと奮い立った。しかし日々の雑事に押し流されるうち、そしてまた他の本の翻訳にも時間を取られるうち、すでに世界四十数カ国で翻訳が出たころになってようやく——平岡敦氏および渋谷豊氏の助けを得て——完成できたのだった。

思うに、原作を別の言葉で蘇らせる翻訳とは、一種の幽霊のようなものである。フランス語の本が日本語に化けて出るのだ。しかし逆に、原作者の霊に取り憑かれて、逃げられなくなっているのが翻訳者であるのかもしれない。翻訳ができあがって本になる。それでおしまいというわけにはいかない。憑依《ひょうい》状態はむしろそこからが苦しくなるとも言える。自分が原作者になりかわって書きつづった訳稿はいったい、新たな生を獲得しおおせているのだろうか。翻訳が「生きている」ことを確認するすべはただひとつ、読者の反応である。自分の本であれば、とにかく考えたとおりに自分の言葉を記したのだと割り切って、あとは放り出しておくほかはない。だが翻訳は他者の生命をあずかる仕事であり、そこに大きな責任がある。そのことが年々、痛感されるばかりなのだが、とりわけこのたびは、原作者が死後何十年も経て劇的な復活を遂げた作家であるだけに、その日本での生を訳者の不手際で損なうことになっては申しわけが立たないという気持ちにさいなまれる。

そうした緊張感を抱えながら、ある集まりで、尊敬する小説家であり、仏文のはるか先輩でもあるO・Kさんにお会いする機会を得た。『フランス組曲』はお送りしてあるが、数日前に着いたばかりだろうし、大冊をすぐに読んでいただけるはずもない。同席の機会を得たとはいえ、そこに集った人たちはおそらくだれもが、高名な小説家と言葉を交わすことを期待しているのだから、そばに寄るのもなかなかむずかしい。しかし会の終盤、別の人と歓談中のO・Kさんの視界に何とか入りこむことができた。するとO・Kさんは「僕はこの人に話があるんです」と言ってその人との話を切り上げ、すぐさまイレーヌ・ネミロフスキーのことを語り出した。本が届くやいなや、一晩で読んでくださったという。こういう小説家はフランスの伝統から出てきたのだろうか、トルストイの最良の継承者という気がする。この作家は、非常に自分に自信がある人だと感じました。self-confidence があるんですね。そうでなければこういう小説は書けません――O・Kさんの self-confidence の口調には、読んだばかりの感想をじかに伝えておきたいという熱意がこもっていた。その言葉の一つ一つが、翻訳者にとってはこのうえなくありがたいものだった。イレーヌの存在を、日本の大作家はしっかりと受け止めてくれたのだ。

そこで言われた self-confidence という言葉によって、こちらがあまり意識していなかった原作者の一側面が照らし出されたように感じた。なるほど、イレーヌは発表のあてもなく、完成させる時間があるのかどうかも不確かな中、孤立無援の状態をものともせずにペンを走らせ続けたのである。自ら恃《たの》むところ厚くなければ、なし得ることではない。

フランス敗戦とナチスによる占領という衝撃のただ中にあってただちに、社会の大混乱とともに露呈する人間たちのありのままの姿を、俯瞰的に、そしてまた複眼的に描き出そうとする壮大な企図に取りかかるのも、作家としての腕力によほどの自信がなければ不可能なことだ。

そして『フランス組曲』という、バッハの名作に借りた表題が示すとおり、イレーヌが創作のひとつの規範として意識していたのは音楽だった。イレーヌは音楽、そして映画を深く愛する作家だった。創作ノートを見ると、「この小説が一本の映画のように展開すればいい」とか、「これはときにオーケストラが鳴り響き、ときにヴァイオリンの音色だけが聞こえてくる音楽のようなものだ」といった言葉が記されている。とりわけ音楽は、執筆に際してつねに彼女の胸中にあり、「アダージョ」や「プレスト」といった音楽用語に照らして自作のトーンやリズムを考えていたようだ。ノートにはこんな一節もある。

「音楽。作品一〇六のアダージョ。これは壮大な孤独の詩だ。――ディアベリの主題による第二〇変奏。深淵を凝視する暗い眉をしたこのスフィンクス。――ミサ・

ソレムニスのベネディクトゥスと、パルジファルの終盤のシーン」

作品一〇六はベートーヴェンのピアノ・ソナタ第二九番をさす。彼女は記憶に深く刻まれたベートーヴェンの楽曲（手近にはSPレコードも再生装置もなかっただろう）を思い出しながら、自作に崇高な息吹きを通わせようと望んだのだった。ワーグナーの楽劇の名が挙げられていることに、今日の読者としてはぎくりとさせられる。ヒトラーがワーグナーを好み、政治的に利用してもいたことをイレーヌは知っていただろうか。いずれにせよ、ナチス・ドイツ占領によって作品発表の道を断たれながらも、彼女はドイツ音楽への愛と尊敬を失わなかった。それは、自分は芸術によって裏切られることはないという信頼——confidence——を失わなかったということだろう。暗雲たちこめる苦境の日々に、彼女はバッハやベートーヴェン、ワーグナーの作品と交響させるようにして自らの最後の小説を書いたのだった。

ポスト・プロダクション

このところドイツの素晴らしい音楽の数々に浸り切って暮らしているので、その点においてだけは原作者を模倣し得るとはいえ、あとはすべて訳文の出来不出来の問題、訳者の力量の問題である。校了まで、少しでも納得のいく文章のあり方を求めてあがき続けた。

訳出の作業を進めているときは、とにかく原文に一行一行従い、いわば己れをむなしゅうするとでもいった日々を過ごすわけなので、精神衛生上、悪くはない。苦しいのは訳し終えてゲラ、つまり校正紙が戻ってきてからである。もちろんその段階でもなお、原文に尋ね、原文の声を聴くことが何より大事だ。しかしそれに加えて、今度は原書のことなどあずかり知らぬ読者の立場に立って訳文を読み直し、推敲することが必要になる。ひょっとして自分が、大森望氏の快著『特盛！　ＳＦ翻訳講座』にいうところの「だって原文にそう書いてあるんだもん」症候群にかかっていないかと目を光らせつつ、編集者との緊密な意見交換に支えられながら、日本語としてのあるべき姿を探し求める。その過程で、日本語とフランス語のあいだの距離をまざまざと認識させられるし、できたての訳文の拙劣さに呆れもする。

初校ゲラを見ると、とにかく赤面するような表現がいたるところにあってうろたえてしまうほどだ。「銀行の副社長」などという訳があったり、「妊娠末期」などという表現があったりする。前者は「副頭取」、後者は「臨月」に決まっているのだが、最初の段階では、フランス語を機械的に置きかえただけのそういう言い方がどうしても残っているのだ。

単語レベルでもそんな風だから、文章レベルではいかにも不格好な表現、みっともない日本語とあちこちで出くわし、そのケアに追われるのである。たとえば、「私たちを見て、守ってくれています」などとある。作者はそう書いていても、日本語では「見守ってくれています」で十分だろう。「食べ物を食べた」なんていうのも、いかにも芸がない。せめて「食べ物を口にした」と直したい。解釈が間違っているわけではなくても、日本語としてどうも恥ずかしいという部分を見つけ出しては、その都度、対策を講じる。もともと訳したのは自分なのだから、一種、逃げ場のない感覚にもとらわれるが、「下手くそに訳しちゃって、われながら可笑《おか》しいなあ」という余裕を少しでも保たないことには、肩凝りの深刻化は必定である。

実際、日本語の表現を手直しする作業は、凝りをほぐすことに似ている。くだんの銀行副社長ならぬ副頭取が、フランス軍の壊滅後、愛人とパリから逃げ出そうとする。そのとき、愛人のふるまいをめぐっていさかいが起こる。軽佻浮薄《けいちょうふはく》な愛人は、イギリス空軍の兵隊二人と遊び歩いていたのである。怒った副頭取はこう言い放つ（ゲラの段階では）。

「水の底に沈んでほしいやつらが、さらに二人増えたっていうわけだ」

意味はわかるが、何だかまだるっこしい。要するにこれは、「海の藻屑と消えてほしいやつら」がまた増えたということではないのか。そう変えてしまおう。そんな風に、少しでも凝りをほぐせたような気がすると、何か手柄を立てたような気分になるのだから、翻訳者とは単純なものだ。

日本語としての流れをよくするためにときおり必要になるのは「ボカシ」の技である。日本語は率直な断定をきらい、ニュアンスを好む。「その場に千人いた」というのが原文だとしても、「千人ほど」いたとするほうが自然なのである。「ほど」に加えて、「あたり」も便利な言い方だ。ゲラをチェックしていると、「妻は夫のこめかみを、ほっそりとした手で撫でていた」という描写があった。何か気になる。原文どおりだが、日本語では、妻が夫のこめかみに特別なこだわりを抱いているかのような印象が生じる。こめかみの「あたり」を撫でるほうがよさそうだ。

あるいはまた、原文の否定形を肯定形に（あるいはその逆に）したほうが読みやすいというのもよくあることだ。年端《としは》もいかない息子が、ドイツ軍と戦うために家を出ると言い出した。それを嘆く母親のせりふ——おまえ、「ひょっとして母さんがまだ十分不幸でないとでも思っているの」（ゲラの段階）。

これぞ直訳調というべき生硬さで、いっそ愉快なほどである。「母さんをもっと不幸にしてやろうとでも思っているの」くらいにできなかったものか、とわれながら嘆息する。しかし、とにかく訳を一歩でも先に進めなければと懸命になっているあいだは、遮眼帯をされた馬のようなもので、なかなか自分に突っ込みを入れる余力がない。鷗外の一節が思い出される。「左顧右眄《さこゆうべん》しないで、œillères《オヨイエエル》を装はれた馬のやうに、向うばかり見て猛進するものである」（『雁』弐拾壱）。œillères が馬車馬に装着する遮眼帯の意味だなんて、仏文の学生でもすぐにはわからないのではないか。鷗外がフランス語の単語をよく知っているのには感心させられる。

それはともあれ、翻訳のポスト・プロダクションと言うべき段階において辛いのは、こうした微調整に無い知恵を絞るうち、自分がいかにも枝葉末節にとらわれているような気分になってくることである。もっとこなれた、うまい表現はないものかと血眼《ちまなこ》になるのは、はしたないことであるような気がしてくる。翻訳は原文の角を丸めて読みやすくしがちだ。本来、悪文家のドストエフスキーが翻訳では名文に化けるといった通説も思い起こされる。

しかしそれは仕方のないことではなかろうか。原作に晴れ着を着せて送り出したいと願わない翻訳家はいないのである。

「かのように」の哲学

日本語レベルにおける思案投げ首状態に耐えられるのは、それが最終的には原作を生かすための迂路であると思えばこそである。女性登場人物のせりふの語尾に「わ」をつけておくか、それとも削るか、どうすべきか迷ってフリーズしてしまったりするとき、そんなのは原文の解釈と何の関係もない瑣事にすぎないという思いが頭をよぎる。しかしまた、そうやって形をできるだけ整えていくことによって、何かがそこに宿ってくれるのではと願うのである。

そうした翻訳の作業に光明を与えてくれるのが、ほかならぬ森鷗外の「かのように」だ。現場の翻訳者を力強く励ましてくれる一編なのである。

陸軍軍医総監の地位につき、小説の執筆も旺盛に再開した五十代の鷗外には、華族に生まれた若き歴史家・五条秀麿を主人公とする一連の作品――人呼んで〝秀麿もの〟――がある。「かのように」は、その最初の一編である。洋行帰りの御曹司・秀麿は、あらゆる学問の動向に通じた大秀才だが、どこか憂愁の霧に包まれた様子である。ここにもまた、ファウスト的な人物像が見出されるのだが、秀麿の場合は陰鬱な美青年といった佇まいが魅力的だ。しかも、鷗外が自己を投影した青年キャラクターの例にもれず、「エロチックの方面の生活の丸で瞑《ねむ》っている」という清潔さがその魅力をいっそう引き立てる。おそばに控える小間使の雪は、終日、本ばかり読んでいる秀麿を崇拝することはなはだしく、何かご用はないだろうかと気配りを怠らない。「若檀那様《わかだんなさま》に物を言う機会が生ずる度に、胸の中で凱歌《がいか》の声が起る程」だというから可愛いではないか。事実、この雪は「小さい顔に、くりくりした、漆《うるし》のように黒い目を光らして、小さくて鋭く高い鼻が少し仰向いているのが、ひどく可哀らしい」と鷗外も力を込めて描写しているほどの器量よしで、何でも一度言って聞かせればすぐに飲み込む賢い子なのだ。こういう小間使にかしずかれているとは、難しい顔をしながらも秀麿は幸せ者である。そしてまた、秀麿の書斎を訪ねてきた友人の画家・綾小路とのやりとりも楽しい。綾小路が葉巻を取り、秀麿がマッチを擦ってやる。綾小路が「メルシイ」と礼を言う。明治のエリート青年たちの会話の雰囲気が伝わってくる。

しかしここでは、「かのように」の小説としての面白さを論じたいのではない。作中で展開されている、秀麿の——作者のと言ってもほぼ等しいだろう——文明、文化の現状をめぐる考察のほうを見たいのだ。

より正確には、それは秀麿が読んだドイツの書物に展開されていた思想である。ある日、秀麿は哲学者ハンス・ファイヒンガーの分厚い著作『かのようにの哲学』に引き込まれ、「不思議に僕の立場其儘《そのまま》を説明してくれるようで、愉快で溜まらないから」とうとう夜中の三時まで読み続けてしまった。その内容を綾小路によくわかるように語ってきかせるのである。それをまたここで荒っぽく要約してしまうのは気が引けるが、概略、以下のような議論をたどっていくうちに、こちらとしては「不思議に翻訳家の立場そのままを説明してくれるようで、愉快で溜まらない」気分にさせられるのである。

ファイヒンゲル&秀麿いわく、人間のあらゆる知識、学問の根本はすべて「かのように」からなりたっている。たとえば宗教からしてそうである。たとえ信心はなくとも神がいるかのように礼拝することで、宗教は成立する。自然科学においても事情は変わらない。点だの線だのといったものは実在するわけではなく、仮定にすぎないが、それを抜きにしては数学は崩壊する。ただし、近代の思想がいやおうなく向かっていく徹底した懐疑と、伝統的な価値に対する容赦ない批判にくみするようでいて、秀麿はそうした思考の明晰さが破壊性を帯びる傾向に対し、あらがおうとする。つまり彼は、たとえ実体が不明だと、あるいは存在しないのだとわかっていても、自分は「かのようにの前に敬虔《けいけん》に頭を屈《くぐ》める」というのである。

祖先の霊を拝む人々や、因習的な義務観念を墨守する人々に対して、祖先の霊などない、義務など存在しないと否定をつきつけ、その価値観を破壊してしまうことはいくらでも可能だろう。しかし、だからといって、そこには「果してなんにもないのか」。いや、あるのだと秀麿は主張する。

「手に取られない、微《かす》かなような外観のものではあるが、底にはかのようにが儼乎《げんこ》として存立している」

つまり、秀麿は合理的な懐疑を突き詰めていったぎりぎりのところで、くるりと身をひるがえすのだ。何かが実在している「かのように」ふるまうことこそが人間を支えてくれる、そんな風にふるまう可能性まで破壊することは許されないと彼は主張するのである。

秀麿は歴史学徒であり、わが国の歴史の執筆を畢生《ひっせい》の事業として夢見ている。そこで彼としては、皇室の歴史をどう考えるかという問題に直面せざるを得ない。皇室の起源をめぐって、ここからここまでは神話であると冷静な判断を下してこそ、歴史は学問的記述としての意味を持ちうる。しかも秀麿は、そうすることで「かのように」が破壊されるとは思わないし、そのつもりもない。「果物が堅実な核《さね》を蔵しているように、神話の包んでいる人生の重要な物は、保護して行かれると思っている」。ところが、神話を神話と指摘することは、天皇の神格化を国是とする当時の言論界では許されにくい。そこに秀麿の顔を曇らせる難問があった。

だが、われわれ現代の翻訳家には、ありがたいことにそんな問題はない。われわれはまさしく「かのように」の使徒たるべく、脇目もふらず務めればいいのである。何しろ翻訳こそはファイヒンガー＝秀麿＝鷗外のいうところの「かのように」そのものではないか。異国の言葉で書かれたテクストを、その底の底まで透明に見て取ることができる「かのように」ふるまい、かつまた、その内容をそっくり自国の言葉に移す＝映すことができる「かのように」ふるまう。原作者の意図をつぶさに汲み取っている「かのように」代弁し、原作者がこの言語を用いたならこういう風に書いただろうとでもいう「かのように」見せかける。原作と翻訳とは等価であり、翻訳を読むことは原作を読むのに等しい体験である「かのように」思わせる。いやはや、翻訳とは何と幾重にも「かのように」をかさねた上に成り立つ営みであり、翻訳家とは何と危ない橋をわたる、勇敢にしていくぶん香具師《やし》めいた存在であることか。

そしてまた、「かのように」を「儼乎《げんこ》として存立」させるのでなければ到底、翻訳家の仕事を務めおおすことはできないだろう。句読点の打ち方ひとつ、漢字で書くかひらがなにするかの選択ひとつが、原作の真実を伝えるうえで、ゆるがせにはできない本質的問題となる。少なくとも、それくらい真剣に、ほとんど迷信的なこだわりを抱きつつ訳文に手を加える。そうすることで、原作という果物が蔵しているはずの「堅実な核《さね》」に何とか到達したい。それがわれわれの切なる願いなのだ。

改めて、鷗外の短編のページを繰《く》ってみる。ふだんはいたって穏やかな口調の秀麿だが、綾小路を聞き手に得て、その言葉はぐっと熱を帯びる。「かのようにがなくては、学問もなければ、芸術もない、宗教もない。人生のあらゆる価値のあるものは、かのようにを中心にしている」。何しろ鷗外は大翻訳家である。この文章は、実は一個の翻訳論として綴られたのではないか。自分のやっていることが「かのように」にすぎないことを日々、痛感しないわけにはいかないない点で、翻訳家はいわば模範的な存在である。その限りにおいて翻訳家には自分の仕事を、人生の「価値あるもの」として位置づけることが許されるのかもしれない。そんな勝手な読解に励まされて、次なる翻訳に立ち向かわなければなるまい。

9　トランスレーターズ・ハイ

閉店のお知らせ

町から本屋が消え、映画館が滅びていく。フィルムを回して映画を見せるアナログ式映画館は二〇一二年をもってほぼ、日本じゅうから姿を消した。メランコリックにならざるをえない。よりによって、自分のいちばん好きなものが直撃されているのであり、しかもそれを非力にも座視するほかないのだ。映画の話はおくとして、本屋さんである。つい先日、東京で古くから馴染みのあった一軒の書店が営業を停止した。

「リーヴル・ド・フランス」、つまりフランスの本というシンプルなタイトルの印刷物を受け取るようになったのは三十年あまり前、仏文の大学院に入ったころだったろう。フランスで出た本のうち、文学関係を中心に哲学や映画や美術、そして世界文学の仏訳書まで、最新刊の情報をジャンルごとにリストアップしたコンパクトな冊子だが、実によくできていて重宝この上ない。少なくとも、これだけ日本人仏文研究者の嗜好にあったカタログはフランスにも存在しない。それを毎月、ただで送ってくれる素晴らしい書店がフランス図書だった。

気になった本や買いたい本にしるしをつけながら最新のカタログに隅から隅まで目をとおしていくという三十年来の習慣を、先だっての晩も何気なくやっていた。最後のページは情報欄になっているのだが、そこに「店頭販売中止のお知らせ」、そして「LIVRES DE FRANCE 冊子体休止のお知らせ」という大変なニュースがひっそりと記されていることに、すぐには気がつかなかった。三十七年にわたって営業してきた新宿の店を閉め、冊子体発行もやめて今後、カタログはウェブサイトで提供し、店舗を設けずに営業を続けるのだという。それがなぜ、バスタブの中で仁王立ちになってしまうほどの衝撃のニュースなのかといえば（このカタログは長年、わが入浴の友だった）、まるでソルボンヌ界隈の本屋でもあるかのように、平積みされたフランス語の新刊人文書を手にとって立ち読みできる場所が、これでもう東京からほとんど消えてしまうことを意味しているからである。飯田橋にある欧明社は健在の様子だし（二〇二二年、七十五年間の歴史に終止符を打った〔十一年後の注〕）、小説類では紀伊國屋書店新宿南店六階の一角も頑張っているのだが、フランス語の本を買いに行くというとき、ぼくにとってまず思い浮かぶのはずっとここだった。いや、最近はどうしてもネットで直接、フランスのアマゾンやFNACに注文することばかりで、大学の研究費による購入以外ではご無沙汰してしまっていたのだが……。

新宿西口郵便局横の通りに入り、蕎麦屋の隣の小ぶりな白いビルの四階。エレベーターに乗るとすぐ、香水かシャンプーかの匂いに包まれる。途中の階に美容院があるせいではないかと思うが、フランス図書に行くと考えるだけで、その匂いが鼻の奥に広がり出す。とにかく店がなくなってしまう前にもう一度行っておこう。在庫一掃バーゲンセールも行われているというし、手狭な店内にはぎっしり、これまでお世話になった客たちが詰めかけているのでは、と思って久々に出かけ、美容院の匂いのするエレベーターで昇ってみたが、店内はひっそりと静かだった。在庫一掃の棚に、めぼしい本はあまり残っていない。ガリマールのブランシュ版、つまり何の飾りもないペーパーバックのすっかり褪色した一冊、モーリス・ブランショの『文学空間』を五〇〇円で買って帰る。レジの若い女性に、本当に閉店してしまうんですか、びっくりしましたと声をかけると、彼女はうつむいてしまった。表に出ると、ビルのあいだを吹く北風がやけに身に沁《し》みた。

孤独や死、無為や彷徨といった観念が主人公となって、他に類のない思考の劇をくりひろげるブランショの本を、辞書と首っ引きで懸命に読んでいた三十年前の日々を思い出しながら、帰りの電車の中で、茶色く焼けた本のページを繰る。ふと、それが一九五五年に出た一冊であることに気づく。七九〇フランという定価表示も、一九六〇年の新フランへの切り替え以前のものである。何と、これは『文学空間』の初版本なのだった。名著の初版本をワンコインで買っていいのだろうか。いっそう寂寞《せきばく》の感が深まってくる。

無我夢中

フランス図書の閉店は、仏文科が文学部から姿を消していき（文学部そのものが消えていき）、フランス語学習者が減り続けている現状を象徴するものにほかならない。という風に考えるのは簡単だが、気分が滅入るばかりだからやめておこう。とにかく、自分にとって大事だった、思い出と結びついた場所がなくなるのは、いつだって辛い。それが最近、やけに頻繁になってきていることを痛感しないわけにはいかない。その感覚には、自分がやっている仕事自体、あるいは自分の存在自体、徐々に居場所がなくなっていくのではないかという恐怖や焦燥が混じりさえする。鬱々《うつうつ》となる条件には事欠かない。せめて、失われたものを悼《いた》む「喪」に留め、鬱すなわち「メランコリー」を遠ざけなければならない。フロイト先生にみてもらったなら、こう診断されるだろう。

「喪では、外界が貧困になり、空虚なものとなる。ところが鬱病では、貧しくなるのは自我そのものなのである。鬱病の患者はみずからの自我を、価値のないもの、無力で、道徳的に咎《とが》められるべきものと表現するのである。患者はみずからを責め、みずからを罵倒し、追放され、処罰されることを期待さえしているのである」（フロイト「喪とメランコリー」、『人はなぜ戦争をするのか』所収、中山元訳）

ぼくの場合はまだ、自分を罵倒し、追放や処罰を期待するところまではいっていないようだ。「外界が貧困になり、空虚なものとなる」ことをしばしば痛感させられながらも、それにあらがうための仕事をじわじわと続けていくほかはない。翻訳は「外界」を豊かにする営みであると、本気で信じている自分のおめでたさを失わずに励んでいくのみだ。忍耐強く待っていてくれる担当編集者だっていい加減、しびれを切らしていることだし。

ミシェル・ウエルベックの二〇一〇年度ゴンクール賞受賞作、『地図と領土』の翻訳を引き受けながらも手をつけられずにいたのだが、いよいよ待ったなしの声がかかった。意を決し、新年一月二日から訳し始めるという、いささかわざとらしい頑張り方で自分に気合を入れてみたところ、実にいい調子になってきた。面白くてしかたがないのである。

第一に、何といっても作品が大変に読み応えがある。主人公は、写真から油絵へとフィールドを変えながら現代を表現するアーティスト、ジェド。〝ビル・ゲイツとスティーブ・ジョブズの対話〟などというお題を堂々たる絵画作品にしてしまう、先端的なのかアナクロなのか定めがたいようなその画家としてのスタンスが興味深く書かれている。友情も愛情も知らず、孤独に暮らす彼の生活情景もしみじみと味わいがある。そんな彼が一人の男と知り合い、束の間、心を通わせ合う。その相手はだれあろう、「ミシェル・ウエルベック」なのだ。ジェドは個展のカタログのためにウエルベックに寄稿を依頼し、作家は承諾する。そこで、ジェドはアイルランドで隠遁生活を送る作家のもとを訪ね、その奇矯《ききょう》にして純真、攻撃性とひ弱さを兼ね備えたどこか痛ましい人柄を間近に知ることとなる。

やがて、小説の中盤でウエルベックの身の上にはとんでもない事件がもちあがるのだが、刊行直後に読んだときには、作者自身を風刺的に登場させた上で仕組まれる、その仰天ストーリーにばかり気を取られて、文章そのものが醸し出している魅力を十分に味わえていなかったらしい。だが実際のところ、これまでのどの作品にも増してウエルベックの思考は冴え、その文体は苦い諦念をにじませながらも緻密で、しかもどこか飄然《ひょうぜん》とした風格を湛えている。現代小説の堂々たる傑作といっていい。ああ、こんな本を翻訳できるなんて！　といまのところ周囲のだれにも共有してもらえない喜びに浸りつつ机に向かう。

翻訳しないかと水を向けられたとき、少しばかり躊躇した覚えがある。分量的に、四百字詰めにして軽く八百枚はある。長らく滞っているネルヴァル『火の娘たち』もあれば、トゥーサンの新作も何とかしなくてはならないし、長年、夢見続けてきたアンドレ・バザン『映画とは何か』の翻訳も、ようやく版元が決まり、若い友人たちとの共訳で完成できそうな見込みが立ってきた。そんな中でさらに長編を抱え込む余裕などないはずではないか。それなのに理性の声をしりぞけて「やります」といってしまってよかった、とつくづく思いながら、しゃにむにキーボードを叩き続け、自分としては破竹の勢いで——せいぜい一日文庫本五ページ分、四百字詰めで八枚か九枚が限度だけれど——快進撃を続ける。どうにも止まらない状態になってきたようだ。

　長距離走の経験などないから、走り続けるうちにランナーが恍惚として味わうという「ハイ」な状態を実際には知らないが、翻訳者も「ハイ」になることがあるのは確かだ。何とも嬉しい無我夢中の境地とでもいおうか。そんな状態に至るには、作品の魅力に加えてもうひとつ、当然ながら、訳す行為自体がもたらす快感が大きな要素となる。テクストに書かれていることがよく納得でき、そのいわんとするところが体に浸みとおるように伝わってくる。そして理解した事柄を、そのままもれなく日本語に移すことができる。作家に延々と書き取り《ディクテ》をしてもらっているようなもので、ほとんど「翻訳」という意識も薄れていく中、作者の固有の語法も、お気に入りの言葉遣いも、苦もなくなめらかに日本語になっていく。こうして、外国語で書かれた一冊の本は、そこから日本語の文章があふれ出す、汲めども尽きぬ泉と化すのだ。

もちろん、これは大変に誇張した表現であり、本当はいつだって、ぎくしゃくとつっかえながらの作業だし、仏和辞書はじめ各種辞書類にとっかえひっかえあたったり、インターネットで次々に検索したりしなければならない。とはいえ、訳していて無性に楽しいとき、翻訳者の内側には強い連続性の感覚というか、流れに身を浸しているような感じがある。原書と訳文のあいだに、無媒介的なコミュニケーションが成り立っているかのような思いを抱くのだ。さらにいえば、いま確かに自分が作者と出会っている、作者の精神が透明になって、そのありのままの姿を目の当たりにしている、そんな印象さえもつのである。

いうまでもなく、それは錯覚でしかない。自分の訳文に対する批判精神を鈍らせるという意味では、むしろ翻訳家にとって危険な罠かもしれない。だがそうした錯覚のうちに大切な要素も含まれていると思いたい。つまり作品への、そして作者への共感である。作者とともに感じ、ともに考える。そうした状態を集中的に生きることが翻訳なのだとすれば、翻訳とはこのうえない共感の証しではないか。

そんな風に主張したくなるくらい、この作品に出てくる「ウエルベック」にやられてしまった。ご本人は次第にアルコール依存の度を増すかのようで、ジェドが会いに行ってもなかなか出てこない。

「降りしきる雨の中、ウエルベックがドアを開けにやってくるまで、ジェドはたっぷり二分間はノックし続けた。『素粒子』の作者はグレーのストライプ入りのパジャマを着ていて、何となくテレビドラマに出てくる囚人を思わせた。髪は逆立ち、洗っていない様子で、赤ら顔にはまだら模様が浮いていた。彼の体は少し臭《にお》った。身だしなみを整えられなくなるのが、鬱状態を判定するためのもっとも確かなしるしのひとつであることをジェドは思い出した」

同時代の作家とともに

ウエルベックの「鬱状態」のよってきたるところは何か。そこにはやはり、年とともに、愛着を抱いていた対象が姿を消していくことに対する切なさがあり、憤りがある。画家ジェドを迎え入れたその様子をご覧いただきたい。作家はジェドの持参した高級ワインを皮きりに、次々にボトルを空《から》にして止まらない状態になる。台所のスッールの上にちょこんと正座し、頭を振り、両腕を左右に広げた様子は、まるで「タントラの脱我状態に入ろうとするかのよう」だった。などというのは比喩でしかなく、実は単に酔眼朦朧となっているのである。やがて彼は、ジェドを相手にこんな話を始める。

「消費者としてのわが人生で、これまで完璧な商品に三度、めぐり会ったことがあるんです。パラブーツの靴「マルシェ」、キヤノンのプリンタ内蔵型ノートパソコン「リブリス」、そして「キャメル・レジェンド」のマウンテン・パーカー。どれも心から愛した品で、寿命がきてもまた同じ品に買い替えて一生、使い続けたいと思っていたほどです。そんな品々と申し分のない信頼関係で結ばれて、わたしは幸せな消費者でした。（……）ささいなこととはいえ、これは重要なことでしたよ。とりわけ、わたしのように、かなり不毛な私生活を送っている場合にはね。ところがこんな単純な喜びもわたしには許されていなかった。ひいきにしていた製品が、数年もたつと棚から消え、製造が完全に停止されてしまった——わが哀れな「キャメル・レジェンド」などは、おそらくこれまでに作られたもっとも素晴らしいパーカーだというのに、たったワンシーズンで消えてしまった……」

翻訳者は右の箇所を訳す途中で、そのウエルベック偏愛の品々をネット検索して確かめ、画像を開いて眺める。パラブーツは百年以上の伝統を誇る老舗で、いかにも履き心地のよさそうななめらかな革で仕立てた靴の写真が並んでいるが、「マルシェ」なる品は現在のカタログにはやはり見当たらない（その名はソールの名前として生き続けてはいるようだが）。「リブリス」はかつてキヤノンがヨーロッパで展開していたノートパソコンらしい。プリンタ内蔵型というのが時代を感じさせる。分厚くてごつごつと角張ったパソコンの写真が出てくる。もはやお金を出してこの旧式モデルを買う人は、まずいないだろう。そして「キャメル・レジェンド」のパーカーを検索するとヒットするのは、やや大きめのだぶっとした上着をラフに着こんだウエルベック本人の写真ばかりで、なるほどこの人はデビューした頃から、いつもこういう格好で写真を撮られていたのだった。そんな情報をたちまち得られるインターネットの有難味をかみしめつつも、時代の趨勢に異議を申し立てるウエルベックの口調に惹きつけられずにはいられない。愛用パーカーの消滅を悼んで、彼は泣き始める。ワインを勢いよく注ぎ、話を続ける。

「容赦ないんですよ。容赦ないんだ。どんな取るに足りない種類の動物だって、絶滅するまでには何千、何百年もの時間がかかる。ところが製品は数日で地表から抹消されてしまう。敗者復活のチャンスは決して与えられない。製品ラインの責任者たちの無責任な、ファシズム的な決定を、製品はただ無力に受け入れるのみなんだ。責任者たちはもちろん、消費者が何を望んでいるかをだれよりもよくわかっていて、新製品への期待を把握できるというわけだ。やつらはそうやって、実際には消費者の人生を、辛い、絶望的な探求、たえず変更される商品ラインのあいだの果てしない彷徨《ほうこう》に変えてしまうんだ」

こうした、現代社会がぼくらに日々、つきつけてくるある種の苛酷さを摘出するすべにかけて、ウエルベックの右に出る者はいない。この小説の登場人物としての「ウエルベック」氏はそんな世評を踏まえて、まさに、私生活にも同時代にも裏切られるルーザーとしての自分自身を演じてみせている。自己演出を楽しむ作家のしたたかさがあるのだ。翻訳している人間はそこに感応して興奮を誘われる。憂鬱症に取りつかれた男の言動を訳すことが、逆にこちらに元気を与え、快感すら覚えさせてくれることとなる。

そこにはまた、切実に共感できる同時代人をフランスの作家のうちに見出せるという事実のもたらす喜びも混じっている。もちろん、ウエルベックは時としてショッキングなほど下品だし、やぶれかぶれな過激さも帯びている。つきあい切れない、という気分にさせてくれることもしばしばだ。かつて『素粒子』を訳したあと、ウエルベックみたいな作家はあなたには合わない、手を出さないほうがいい、と尊敬する友人の文学者に忠告されたこともある。しかし何といってもウエルベックは、トゥーサンはじめ、これまでに訳してきたほぼ同年輩の作家たちと同じく、ともにこの時代を生きているという思いをひりひりと感じさせてくれるかけがえのない作家なのだ。しかも今回の作品には、ジェラール・ド・ネルヴァルの本を上着のポケットに入れて捜査の合間に愛読する二枚目の辣腕《らつわん》若手刑事などという異様な人物まで登場するではないか。それをさも何かの徴《しるし》であるかのように受け止めて、訳さないわけにはいかないなどとたわいなく思い込んでしまうのだから翻訳者とは単純である。親身の忠告をしてくれた友人が、この作品をどんな風に読んでくれるだろうかという緊張も覚えつつ、ひたすら訳し続ける。

メランコリーを超えて

自らの愛用する製品の消滅を嘆くウエルベックの悲しみは、そのまま自らの存在に対する危機意識に転じていく。アーティストを前にして、酔ったウエルベックの独白は続く。

「「わたしたちも製品なんだ。わたしたちだって、文化的な製品なんですよ。そしてわたしたちもいずれ旧型ということになる。まったく同じ仕組みが働いているんです――ただし一般的にいって、こちらには技術的な改善とか、明らかな性能の向上はありませんがね。新機軸に対する純粋な欲求だけが残るんだ」

「だが、そんなのは何でもない、何でもない……」彼は気楽そうにいった。二本目のソーセージを切り始めたかと思うと、ナイフを持ったまま手を止め、大声で歌い始めた。「恋して、笑って、歌うことだ！……」腕を振りまわしたはずみにワインのボトルが倒れ、床のタイルの上で割れた」

いよいよ悪酔いして収拾のつかなくなってきた感じだが、しかし「わたしたちも製品なんだ」とは核心を突く表現である。ウエルベックが、二十世紀後半からフランスの――そしておそらくはヨーロッパの――文学を覆っているメランコリーのただなかから登場してきた作家であることを改めて感じさせる。そのメランコリーとは、文学なるものが、ブルジョワ社会のある一時期においてこそ意味をもちながら、もはや「旧型」となってしまい、廃棄処分間近なのではないかという観念であり、そこにはマゾヒスティックな諦めも混じる。そうした傾向をもっとも模範的に体現した人物が、ロラン・バルトだった。コレージュ・ド・フランスにおける最晩年の講義『小説の準備』（石井洋二郎訳）の中で、バルトは「死にゆくもの」としての文学を語って、概略次のように述べている。

……文学への欲望がいっそう鋭く、いきいきとしたものになり、いっそう差し迫ったものとなるのは、まさに文学が衰弱し、消滅していくのを感じているからである。このようなとき、私はそれを沁みとおるような、心を揺り動かすほどの愛で包み込むのである。まるで、死んでゆく何かを愛し、両腕にかき抱くようにして。

ともに暮らしてきた母に死なれ、深い喪のうちに沈み込みながら、力を振り絞るようにしてありうべき「小説」を夢見たバルトの言葉は何とも痛切だが、同時に倒錯的な凄《すご》みを湛えてもいる。すっかり弱まって死に絶えようとする文学をかき抱く「私」のほうも明らかに、自分の生命が衰え滅びようとしていることを予感している。瀕死の文学をひしと抱くその姿は、何か心中の一場面のような、あるいはいっそ「トリスタンとイゾルデ」の幕切れのような印象をさえ与えるではないか。これは時代をリードし続けた「知」の革新者としてのバルトが、最晩年にいたって自らに許した、あまりになまなましい心情の吐露であり、彼の批評の行きついた果てでの感慨だった。

それに対し、ウエルベックははるかにずぶとい。息絶えんとする文学をかき抱くなどという貴族的しぐさは、彼には似合わない。バルトが諦念とともに口をつぐむそのときから、小説家としての彼の仕事は始まる。何もかもが「製品」と化し、季節ごとに入れ替えられていく趨勢を嘆きながらも、そんな時代だからこそ可能な言葉のあり方を彼は自作の内部に取り込もうとする。同時代と深く交わる地点に小説の基盤を置くのである。

そのことを端的に示すのが、ウィキペディアとのつきあい方だ。『地図と領土』原書文庫版（二〇一二年刊）の巻末には、彼の作品として初めて「謝辞」がついている。執筆に際しこれまでになく取材を行ったので、協力してくれた人々に感謝したいとして、数人の名前が掲げられている。そして最後に「ウィキペディア（http://fr.wikipedia.org）およびその執筆者たちに感謝する。とりわけイエバエやボーヴェ、あるいはフレデリック・ニウに関して、私はウィキペディアの記事を発想源として用いた」と書かれているのである。

この最後の一節は、原書単行本——少なくとも、ぼくが読んだ初版（二〇一〇年九月刊）——には存在していなかった。実は、単行本が出たすぐあとに、ちょっとした騒ぎがもちあがっていたのだ。〝ウエルベック、盗用疑惑？〟というインターネット上の検証記事が反響を呼び、メディアでしばし騒がれたのである。ウエルベックは直ちにある有力誌のサイトにインタビュー形式の談話をアップして、ペレックやボルヘスの名前を挙げつつ、世に流布している言説の再利用は文学創造の重要な手法であり、それを盗用などと騒ぎ立てるのは文学に関するまったくの無知か、自分に対する侮辱の意図を示すものでしかないと反論した。その動画に登場する作家の、ふにゃふにゃした何やら弱々しい口調で抗弁する姿にぼくは胸を打たれた。だが法律的には、ウィキペディアの項目は、何でも「クリエイティヴ・コモンズ表示‐継承3・0非移植」というライセンスで守られており——SF的な訳語に腰が引けてしまうが——、それをもとに「二次的著作物」を作成する際、引用箇所およびURLを明示することが義務づけられているらしい。その決まりに照らせば、確かにウエルベックには非難される余地があった。

そればかりではない。「クリエイティヴ・コモンズ表示‐継承3・0非移植」の「継承」とは、二次的著作物も、ウィキペディアの項目同様の契約条項に縛られることを意味する。すなわち、二次的著作物もまたウィキペディアのようにネット上で自由に閲覧できるようにすることが求められるのだ。少なくとも、フランスのあるブロガーはそういう風に解釈して、『地図と領土』全編を、自分のブログからダウンロードできるようにしてしまったのである！　もちろん、すべて無料で。

版元の強力な反撃を受けてか、そのブロガーはダウンロードサービスをすぐに閉じてしまった。そしてウエルベック側が巻末の謝辞にウィキペディアの名を加えて、一件落着となったわけである。作家の自己弁護は、ぼくにはまったく正当なものと思える。『地図と領土』の主人公ジェドは、ミシュラン社の道路地図が独自の魅力を備えていることに惹かれ、それを撮影した写真作品によって世に出る。つまりウエルベック自身のウィキペディア利用——その項目に見出される、のっぺりと無機的な言葉の佇まいに、作家は大いに惹かれている節がある——に呼応するかたちで、まさに現代芸術の「二次的」性格が描き込まれているのであり、そこにむしろ作品の一貫性を認めることができるのだ。

いつの間にかネット上で増殖し、だれもが当然のごとく参照するようになったウィキペディアの言説に目をつけて、自らの文体の構成要素として何食わぬ顔で取り込んでしまう。それは現代の「紋切型」と戯れながら小説に新たな生命を注ぎ込もうとする積極的な戦略なのである。そこにこそ、メランコリーを振り払う作家ウエルベックの姿を見てとれるのではないか。そしてまた「イエバエの成虫は長さ五ミリから八ミリに達する」とか、「ボーヴェは古代ローマ帝国の城塞の一つだった」といった、それ自体は砂をかむような記述が、小説に組み込まれることでまったく別の文脈を獲得し、ときには異様な響きを帯びて突出してくるところに、ウエルベックの確信犯的ふるまいの面白さもあるだろう。

右に引用したウエルベックのウィキペディアへの謝辞に含まれている「発想源」という表現が、ぼくの目には意義深く映る。原文では inspiration の源、と書かれているのだが、かつてインスピレーションとは超自然的な力によって、あるいは神によって吹き込まれた「霊感」のことではなかったか。そんな神秘の世界からはるかに遠く、だれもがアクセスできるネット上の言葉を自らのインスピレーションの源とするという潔さは、まさしくわれらの時代にふさわしい。作家のその現実的にしてタフな姿勢は、翻訳者にとっても教えを含む。何しろ絶えずウィキを検索している以上、翻訳する言葉のうちに、すでにしてウィキペディアの内容はかなり入り込んでいるのだ。そのことを意識しながら、自分の訳が自律したテクストとしての生命力を得るよう努めるほかあるまい。「クリエイティヴ・コモンズ表示‐継承3・0非移植」のライセンスのことも忘れないようにしつつ。

現代の百科全書

ところで、ふと考えてみるに、ウィキペディアとは匿名の執筆者たちが持ち寄った文章から成っているわけだが、それは同時に、未曾有の規模で展開されている翻訳運動でもあるのではないか。たとえばフランス文化についての項目であれば、フランス語版ウィキペディアの記事等をまずは参考にしてその情報を翻訳しつつ、日本語の項目を作っていくのに違いない。そうした作業がおよそわれわれの思いつくあらゆる領域に関して、無数の人々の貴重な努力を結集して行われているのである。ディドロら十八世紀の啓蒙哲学者たちによる『百科全書』は、当初はイギリスの百科事典の翻訳の企画として開始された。それがまったく独自の思想的パワーをもつ一大ムーヴメントにまで育ったわけである。ディドロがいま生きていたら間違いなく、ウィキペディアの協力者となったのではないか。

そこでもう少し実際の運営方法を知りたくなり、ぼくは初めて、ウィキペディア内に設けられた、ウィキペディア自体に関しての紹介ページに入ってみた。そこでは、「これまでにない人類の知的遺産を育む壮大なこのプロジェクトにぜひ参加してください」と呼びかけられている。何の資格もいらず、だれもがいますぐに記事の執筆に加われるのだ。それならば、日ごろさんざん利用させてもらっている恩返しの意味でも、フランス語版の項目でまだ日本語に存在しないものを、さっと訳して載せてみようか。「ウエルベック」のページの記述など、もっと詳しくふくらませてもいい。

しかしながら「記事を編集する」のページに入ってみて、たちまちやる気が萎《な》えていくのを感じてしまう。説明の書きぶりがいかにも人工的というか、かつてのパソコンの取扱説明書みたいな血の通わない文章で、論理的には問題ないのだろうが、何をいわんとしているのか少しも頭に入ってこない。とにかく、まずは「翻訳のガイドライン」に目をとおさなければならないらしい。ところがその項目がまたひどく読みづらく、忍耐心に欠ける中年男の手に負えるものではない。ときおり、妙に腑に落ちる文章も含まれていて、そこにだけ興味を引かれる。

たとえば「機械翻訳」の項目では「初心者による翻訳は時として質の悪い文章を生み出します。しかし、ほとんどの機械翻訳はそれよりもはるかにひどいものです。**機械翻訳をそのまま投稿することはどうかおやめください**」と太字で訴えかけている。この文章自体が、いささか機械翻訳っぽいのが面白い。また「訳文の作成」というのも気になる項目だ。「多くの文章は、原文に忠実に訳す必要はなく、原文がわかりにくい場合には平易な日本語に書き換えることで翻訳作業は楽になります」。なるほど、そうに違いない。だが、文学作品の翻訳でそれをやるのはまずいかもしれない。

などと冷やかし半分に眺めて、結局はほうほうの体《てい》で出てきてしまった。ウィキペディアへの参加はけっこうハードルが高いのである——少なくとも、ブログもツイッターもやらず、フェイスブック等とも無縁の人間にとっては。そこにはもちろん、匿名の言説の大海原へ身を投じることへの、ほとんど迷信的なまでの恐怖が潜んでいることは自覚している。要するに、検索マシーンとしては重宝しながら、インターネットの内部に入っていくことが怖いのだ。『ソラリス』に登場する、人間の無意識まで呑み込む途方もない危険を秘めた海のようなものとしてサイバースペースをとらえているのである。

そんな自分の無知による気後れを、無理に克服しようとは思わない。昔ながらの「翻訳」という仕事が、根本的にはシンプルきわまりないものであり続けていることに感謝するばかりだ。とにかくいまは、長距離走者の孤独と、それゆえ亢進してくるハイな気分を心ゆくまで味わいたい。その時間こそは翻訳者にとって、ネルヴァルのいわゆる「メランコリーの黒い太陽」(「幻想詩篇」、『火の娘たち』所収)に脅かされることのない幸福のひとときなのだから。

10　翻訳の味わい

バナナの味

バナナは風呂に入れてやるのがいい。それもかなり熱めの、五十度ほどのお湯に五分ほど浸してやる。テレビの受け売りだが、要するに熱燗にするわけだ。お湯からひきあげて一時間ほどしてから食すと、バナナとは思えないほどのうまさである。いや、それはあまりにバナナを馬鹿にしたいい方だろう。かつて、その濃厚なる甘味によって日本人をとりこにしていたころのバナナとはこういうものだったに違いない。たとえば少年時の堀口大學にとって、その出会いが忘れ得ぬ思い出となったような、「実に貴族の食」というべき風味だ。

大學のエッセイ集『季節と詩心』で、楽しいエピソードが披露されている。外交官職にあり、子どもを残して異国に赴任していた父親が久しぶりに帰ってきた、大學「十三歳の春」のこと。当時、新潟・長岡の祖母のもとで暮らしていた大學は、東京・三田の父のもとに会いに行った。

「そこで私は初めてバナナを食べたのであつた。ある晩、食後味に、この黄金色の皮に包まれた美しい果物が出た。僕はそれを食べて、これは美味なお菓子だと思つた。別にだれも説明してくれた訳ではないが、一喫して、僕はてつきり、これは菓子だと思ひ込んでしまつたのであつた」

皮に包まれているのだから当然果物だろう、などという理屈は少年の頭にみじんも浮かばなかったらしい。そもそも種子らしいものが見当たらないし、とにかく「その味も、そのやはらかみも、悉くこれ人が造つた菓子ならでは到底考へ及ばないほど微妙に出来てゐる」ではないか。少年はこれを「実に美味い上等な菓子」「あんまり見受けない珍らしい菓子」だと思い込んだ。そして父に、どこから買ってきたのかと尋ねると「横浜へ来てゐる仏蘭西汽船アルマンベエクから頒けて貰つて来たのだ」という答えである。そして気に入ったならまたこの「果物」を貰って来てやろうといってくれた。

ところがそのとき少年は「かつとして憤り出した」のである。なぜなら「父が田舎者だと思つて僕を馬鹿にして、たれが見ても一見疑ふ余地のない人造のこのお菓子を、天然の果物だなぞ云ひ出したものだと、心から信じたからであつた」。息子にいくら説明しても頑なに認めようとしないので、とうとう父は台所から房のままのバナナをもってこさせた。そこでようやく少年は、こういうふうに生《な》っているものなのか、なるほどこれは果物だと納得した。「然しそれにしても、何といふ美味な果物が、この世にあることかと、しきりに、あの美しい木の実を撫でさすり、撫でさすり、且つは感じ入り、且つは己れの不明を恥ぢ、またしても、あの香り高い自然が作つたお菓子の皮をはがして、また一本ぺろりと食べたものである」。

「アルマンベエク」などという船の名まで記憶されていることからしても、おそらくこのとおりにあった出来事に違いないと思わされる。長谷川郁夫による大學の浩瀚《こうかん》な伝記（『堀口大學　詩は一生の長い道』）に述べられているとおり、詩人の残した数多くの回想、随筆の中で、父への非難めいた言葉はこの一文のほかは見当たらないという点からしても興味ぶかい一文である。自らの感覚を揺さぶった事柄に関しては、たとえ尊敬する父が相手であろうと譲歩しないという確固たる姿勢を、すでに少年は示しているのである。

とりわけ大切なのは、まさにその感覚の働き方だろう。仏蘭西の船に乗ってやってきた逸品の正体を知るや、少年は「あの美しい木の実を撫でさすり、撫でさすり」、感じ入る。そのとき彼の手中のバナナはそのまま、堀口大學にとってのフランスの詩、文学のメタファーとなる。「私は愛人の新鮮な肌に触れる時のやうな、身も世もあらぬ情念《ヴォリュプテ》をこめて、愛する詩章に手を触れた。それがこれ等の訳詩である」という、『月下の一群』の例のあとがきを思い出さずにはいられない。

さらにいえば、バナナがそれほどの美味だった時代、海の向こうからの到来物にはそれだけの魅力があり、眩惑力があったのだろう。それらは感嘆し、撫でさするにふさわしい、ほとんど神秘的なまでの味わいを秘めていたのである。その味わいが洋の東西に存在した文化的なギャップの巨大さに支えられていたことは否定しがたいし、それだけのギャップがあった時代がいまとなってはうらやましいと感じる向きもあるはずだ。お湯に浸ける手間をかけるならば、バナナの味はかなり当時のものに肉薄するかもしれない。だが、文学作品に燗をほどこすことはできるのだろうか。

語学と翻訳

もう一本ぺろりと食べてしまう、という少年の食欲旺盛な美食家ぶりもまた、好みの詩を次から次へと日本語に訳していった大學の翻訳家としての姿勢に通じるように思う。だが意外なのは、彼が肝心のフランス語学習に目覚めるのは、けっこう後になってからだったという事実である。

高校卒業後に上京した大學は、与謝野寛・晶子のもとに弟子入りし、「狂恋さながら」(「青春の詩情（続）」)の情熱を短歌に注ぎ込む。さらには白秋ばりの詩を書く青年詩人となっていくのだが、その間、彼が語学学習に身を入れた形跡はない。慶應文学部の予科生とはなっても、学校の勉強は御留守にしていたとおぼしい。『「その頃の三田の文学部は、自由勝手に学生にふるまわせてくれる極楽のようなところでした」(「わが半生の記――最初の外遊前後」)と大學は回想している。学生は二十人足らず、「みんな極楽トンボのような陽気な学生でした」。立て続けに「極楽」の語が出てくるのだからよほど楽しかったのだろう。仏語クラスは彼と佐藤春夫ともう一人、計三人のみ。慶應文学部は当時の文学青年たちの憧れの的、フランスから戻ったばかりの永井荷風をはじめ、名だたる教授陣を擁していた。三人が仏語を選択したのも「荷風文学の影響」だった。ところがなまけ放題になまけて青春を謳歌していた三人は、勉強はまったく御留守にしていた様子だ。広瀬哲士という仏語の先生は「辞書を試験場へ持ちこんだ上、三人で相談して答案を出せばよろしいという寛大な条件」で学期末試験をした。寛大というより広瀬先生、ダメ学生を相手にすっかりさじを投げていると いったほうがよいだろう。しかもその試験の結果、成績は不可だった。大學いわく、「よく不可がとれたものだと感心する位だ。何しろ不可の下にはまだ、三十九点以下という、大不可があるのだから」。

そんな大學がフランス語ぺらぺらになり、読み書きともに抜群の能力を身につけたのは、慶應を中退して父の任地先メキシコに赴いてからである。継母がベルギー人で日本語を解さないため、家庭内ではフランス語で話さないわけにはいかない。そこで大學はたちまち猛烈に学習に打ち込んだ。「マドモアゼル・カマチョという名の老嬢を先生」とする、「ベルリッツのメトードによる理屈抜きの丸のみ流儀、詰めこみ主義の教授法」がめざましい効果を及ぼした。一カ月で日常会話が片ことで通じるようになり、また文学書を読めるようになっていったというのだから素晴らしい。

それにしても『月下の一群』の名訳者とベルリッツ方式とは意外な取り合わせではある。ベルリッツ方式の生みの親はドイツ人のベルリッツで、彼がアメリカに移住後、フランス語学校を運営する中で編み出したものである。一八七八年、ベルリッツは教師としてニコラ・ジョリというフランス人を雇った。ところがフランスからやってきたこの人物は英語がひとことも話せないことが到着後に判明した。人手不足ゆえ仕方がなく授業を任せてみたところ、数週間で生徒たちはフランス語がぺらぺらになってしまい、発音も完璧だった。英語をいっさい使わず、最初からフランス語のみでとおすやり方が驚異的な効果を上げたのだ。以後、それがベルリッツ方式として練り上げられていったのである。

つまり名翻訳家は「翻訳」をいっさい用いないやり方でフランス語を習得した。そしてまた彼は文学的にも翻訳に頼ることなく――大學が上田敏の『海潮音』を読んだことがなかったというのは有名な話だ――、自分の勘と感覚のみを頼りに現代詩人たちとの出会いを重ね、訳業に結実させていったわけである。

それだけを聞くと、文部科学省の役人たちが喜びそうな話である。高等学校学習指導要領が改訂され、多くの人々が懸念を表明する中、二〇一三年春から全国の高校では「英語」という科目名が「コミュニケーション英語」に変えられた。そして文法・訳読を教室から締め出し、学生のコミュニケーション能力を高めるべく教師はもっぱら英語のみを用いて授業を行うようになったのである。

そうなってしまった以上、その成果がどうなるのかしばし待つほかはないだろう。ゆとり教育だの、大学院重点化だの、現場の教師たちの反対をしりぞけて文部科学省が先導してきた変革がことごとくうまくいっていないことにかんがみて最初からけちをつけるのもやめておこう。しかしいずれにせよ、コミュニケーション語学だけで語学が終わるはずがないことは言うまでもない。むしろ高校の教室で会話の練習ばかりさせられるのに飽きた諸君が、より濃密で味わい深く手ごたえある文章を求めて、大学進学後は文学テクストを読むクラスに殺到するのではないかと、取らぬ狸の皮算用をしてしまうのである。

外国語がぺらぺらになって、さてそのあとどうするのかが重大事だ。フランス語母語者と同等の語学力を身につけたのち、堀口大學はさらにフランス語から日本語へのシフトを嬉々として行った。原文をすらすらと読んで愉しむだけでなく、そのフランス語に日本語を対置してみたらどうなるのか。あるいは、フランス語をもとにして日本語を生み出してみたらどんな日本語になるのか。そうした高次の営みに彼が自らの語学力を注ぎ込んでくれたから、日本語はその分だけ間違いなく表現の幅を広げ、新たな色彩を加え得たのである。語学の大切な目的の一つとは、外国人とのコミュニケーションのみでなく、日本語を肥えさせることにあるのではないか。明治以降の日本において、アジアで他に類を見ないほど豊かな文学的達成が可能となった基盤はそこにあったはずだ。

バルザックの味

家庭内でフランス語を話すような環境にいるのではないかぎり、日本に生まれてフランス文学に目覚めるとしたらそれは普通、翻訳書をとおしての出会いによる。『月下の一群』やカミュに熱中したことは初めに書いたが、他にもぼくを強力に刺激した作家は何人もいた。英語の教室から訳読を追放するからといって、翻訳書を読む喜びまで否定されてはたまらないと思いつつ、改めてそのことを回想しておく。たとえば文庫本で読んだバルザックの、次のような文章を読みくだしていくときに味わった興奮は忘れられない。

「他に例のない偶然から、私は魂が最初のうずきをおぼえ、徐々に官能の悦《よろこ》びにめざめゆき、すべてが新鮮で魅力あるものに思われる、あの人生の一時期にずっと踏みとどまったままでした。勉強のために永びいた思春期と、遅ればせながら緑の小枝をのばそうとしている青年期とのちょうど境目です。おそらくその当時の私のように、感じ、愛するよう、心の準備が整っている青年を、ほかに見つけだすことは不可能だったでしょう。この先、私の話をあまさずおわかりいただくには、唇《くちびる》はなお嘘言にけがれず、欲望の激しさゆえにおずおずと伏せられるまなざしはいまだ隠しだても知らず、精神は世の偽善になれ親しまず、心におぼえる気おくれの激しさは、はじめての衝動のけなげさにのみくらべられる、あのうるわしい時代にご自分でもふたたびたち返っていただくことが必要です」(石井晴一訳)。

受験勉強のために「永びいた思春期」を余儀なくされていると感じていた高校生としては、この青年の「緑の小枝」がどのように伸びていくのか、切実な関心を誘われた。実際、若年の読者は自分の境遇との類似点を見出すと俄然、それを頼りとして深入りしていくものだ（いくつになっても同じかもしれないが）。「唇はなお嘘言にけがれず」、「精神は世の偽善になれ親しまず」――これはまさに自分のことではないかと興奮したのだから、それは確かに「うるわしい時代」だったのかもしれない。青二才の心理を仔細に描き出す筆遣いの雄渾さ、緻密さに高校生は驚きの目をみはり、原書刊行から百数十年の時の隔たりも、言葉や文化の隔たりももののともしない文学のエネルギーに打たれた。主題的に人ごとでない共感をそそられつつ、こんな味わいの文体は初めてだと唸らされた。そしてフランス語のことは何も知らないながら、迫力あふれる見事な翻訳だと感じた。

巻末の解説の文章も熱気をはらんでいた。『谷間の百合』というタイトルをめぐって、こんな説明が含まれてもいた。「フランス語の vallée は谷間とはちょっと意味がずれ、日本語から想像される深山の幽谷よりも、むしろこの作品に見られるごとくゆるやかな傾斜を持つ丘にとりまかれ、豊かな野原が拡がり、燦々《さんさん》と陽《ひ》のふり注ぐ川の流域を示す言葉である」。つまりヴァレに一種、官能的な気配が漂っていることに注意を喚起しているのだ。「深山」に乏しいフランスならではのなだらかな丘陵の風景が目に浮かんでくる。そこまで読者を導かなければ自分の仕事をまっとうしたことにはならないという、訳者の気迫が伝わってきた。

　のちにぼくは、愛読した『谷間の百合』の訳者である石井晴一さんの知己を得て、そのエネルギッシュな（多少ともバルザック的な）お人柄を知るとともに、フランス語修行についてあれこれ話をうかがう機会があった。そこで驚かされたのは、石井さんが大学に職を得られてのちに、研究のための長期休暇を得てフランスで過ごしたときの経験である。この機会にフランス語を根本から体得したい。そう願うあまり、石井さんは何と、小学校に通うことにした。すでにフランス政府給費留学生として留学済みだったにもかかわらずである。そして小さなクラスメートたちにまじって授業を受けたのだという。小学生たちは日本人の大人がいるという不思議な状況にすぐに慣れて、何の問題もなかったと石井さんは語っていた。とはいえ、それが大学院に籍をおいて論文を執筆するのとはまったく異なるラディカルな修行だっただろうことは容易に想像がつく。よほどの意志がなければなしうることではない。石井さんはそれこそバルザックの登場人物のような意志の力にめぐまれていたのだ。

　小学校通学に加え、ラテン語の研鑽《けんさん》にかけても石井さんはなみなみならぬ努力を重ねられたようである。重要単語を記したカードをたくさん作ってボキャブラリーを増やすといった地道な努力を続けていらしたようだが、それはすべてバルザックの翻訳のための基礎体力作りだった。石井さんはバルザックの『艶笑滑稽譚』の全訳を志していたのである。バルザックがその才能を爆発的に開花させた三十代前半、尊敬するラブレーの向こうを張って古語希語をちりばめつつ、ルネサンスの時代を舞台につやっぽいお話の数々を丹精込めて綴った大作であり、原文でこれに親しむにはフランス語およびフランス文化に対する該博な知識が必要とされる。いまどきのフランス人にも容易に手を出しかねる難物を日本語に移すことが石井さんのライフワークとなった。一見古色蒼然たる趣を帯びた原書に、訳者が多大な熱量を加えることで妙《たえ》なる美味が広がり出した。その成果はいま、岩波文庫全三巻に収められ、気軽に手に取ることができる。

バルザックのさらなる味

『艶笑滑稽譚』におけるバルザックの文体は、近代言語として成立する直前の時期のフランス語を模したものである。とするならば翻訳にあたってはいかなる日本語をモデルとして想定すべきか。かつて神西清は、バルザックに対するルネサンスとだいたい時差が同じであるという理由から『天草本・平家物語』や『天草本・伊曾保物語』といった文禄のころの日本語を手本とする擬古文体を編み出してこの作品の一部分を翻訳した（『おどけ草紙』）。それ自体、はなれわざというべき偉業だし、またバルザックが自らに課したハードルを訳者もまた自己に課そうとする真摯《しんし》な、そしてまた遊び心あふれる試みでもあった。

しかし石井さんは神西訳の見事な出来栄えは認めながらも、「彼我の言語の歴史を無視した、一種の時代錯誤《アナクロニスム》」だとして、「日本の近代語が成立しつつあった明治期のものに似た」訳文を志したのである。確かに、神西訳は「神《でうす》」や「悪魔《ぢやぼ》」、「せすす・きりしと」といった異様な表記の連続で、フランスの小説というより「きりしたん」の時代の文書を読んでいるかのような不思議な気分に読者を誘う。しかしバルザックの原文は一見古めかしくとも、実は「現代文の骨格に、十六世紀の語彙（……）を適当にちりばめたもの」であり、「全体としては極めて現代文に近いもの」だと石井さんは見定めた。それゆえ、われわれから見て現代文の骨格をもちながらそこに古い語彙が残存している明治期の言葉が選ばれたのである。

その結果、石井訳は、近代日本語が立ち上がってきた当時を思わせるような、何か懐かしくも力強い響きを奏でている。訳者は訳文をたえず声に出して読み、そのリズムや音色が望みどおりの効果を発揮しているかどうかを確認しながら作業を進めたに違いない。丹念にルビがふられているのも、明治期の小説を思わせる工夫であると同時に、音声へのこだわりを反映している。意味だけ取って訳したならば安手のエロティシズムに堕しかねない部分を含む作品なのだが、それこそは訳者のもっとも恐れたことだったろう。しどけないからこそいっそう、高い調子を求めなければならなかったのだ。たとえば「明日なき恋の一夜」と題されたみごとな一編がある。意地の悪い夫のもとで窒息しそうな日々を過ごしていた器量よしの若い女房が、教会で「美々《びび》しき」イタリア人貴族を見初《みそ》め、やがて深い仲に陥る。嫉妬深い夫に知られたら命が危ないことを知りながらの熱烈な恋だ。

「一言で言うなら此の二人の者は、一度契《ひとたびちぎ》りを交す度に、千もの命を燃やし尽し得るなら、己の命など一切気にも掛けぬと、倍もの悦びを相手に返し合い、測り知れぬ程の悦楽を互いに貪《むさぼ》り合ったのであった。そして底知れぬ深淵《しんえん》に二人して身を沈み込ませ、互いに重なり合い乍《なが》ら其《そ》の場で倒《こ》けつ転《まろ》びつ、一度《ひとたび》愛を交す毎《ごと》に、気も狂《ふ》れんばかりの激しさで、互いに心に宿るあり余るもの凡《すべ》てを、相手に注ぎ込まんと努《つと》めたのである。真《まこと》二人は此の上なき激しさで愛し合ったのであった」

何しろバルザックは、自作の登場人物たちのふるまいにもとづいて一般論をぶたなければ気のすまない作家だから、二人の恋をこんなふうに解説してみせる。

「言うなれば、女房の脇に静かに身を横たえ、胸を締め附ける程の心の戦《おのの》きも、熱き生命の迸《ほとばし》りも、力一杯の抱き締め合いも知らぬ町方《まちかた》の者たちは、哀れにも愛の何たるかをご存じないのであり、其れに反し、死の危険を眼の前にした若き恋人たちは、白き体を絡《から》ませ合い乍《なが》ら、激しき希求《もとめ》に身を火照《ほて》らせ、互いに愛を交し合うものなのである」

十数年前にバルザックの長編『幻滅』の翻訳に挑んだとき、こうした現在形による一般論の挿入にさんざん悩まされたのを思い出す。物語の流れを止めてしたり顔で長《ちょう》広舌《こうぜつ》を振るう文豪にこき使われる悲哀を覚えたのだが、石井さんは一歩も引かず訳し切っているように感じられる。バルザックの一語一句をあまさず受け止めるだけの体力がみなぎっている。そういえば石井さんは教授退官後、せっせとスポーツジムに通って筋肉トレーニングに打ち込み、体を鍛えていたのである。筋金入りの身体でバルザックを訳したのだ。

「喜びに馬乗り為されよ」

石井晴一さんは今年（二〇一三年）一月に逝去なさった。享年七十九。昨年末にある用事で電話をいただいたときの声は壮健そのものだったから、訃報に言葉を失った。二月に刊行された『艶笑滑稽譚』岩波文庫版最終巻は没後刊ということになった。訳稿を完成し、「文庫版あとがき」まで書き終えてから亡くなられたのだ。

その「訳者あとがき」を遺稿として読んで、故人の自己の訳業に対する厳しさに粛然とさせられた。二〇〇七年に単行本として刊行し、好評を博して日仏翻訳文学賞特別賞にも輝いた『艶笑滑稽譚』だったのに、「その後、時間を掛けて訳文を読み返してみると」誤訳や欠落、引用の誤りなどに気づいた。そしてまた、句読点の使い方などにも「文章の流れを乱すものがあることは認めざるを得なかった」。それらを匡《ただ》す機会を待ち望んでいたというのである。何しろ、単行本版は「度重なる読み返しによく耐え得るほどのものではなかった」とまで断じているのだからただごとではない。

その容赦ない自己評価はひとえに、翻訳が読者にとってどういうものであるべきかを突き詰めて考える姿勢からきている。「文庫化に際し、訳者は先ず、訳文の流れを自然なものとし、読者諸氏に無理なく読んで戴けるものにしようと心懸けた。原典が外国語で、しかも擬古文であることを考えた上でのことである」。訳文は訳者の苦労の痕跡をうかがわせないのびやかさを獲得していなければならないのである。それはまた「音楽性」の問題でもあった。

「今回、文庫化に当って、訳者が先ず第一に心懸けたことは、この訳文の音楽性であった。読みながらの快感を伴わず適切に意味を伝え得ぬ文章は、翻訳と称するには値するまい。そして、訳文の音楽性を確かなものとする唯一の手段《てだて》は、ただひたすら読み返し、言葉の流れを身体に沁み込ませ、それを訳文に反映させること以外にない。訳者は最大の努力をその点に注いだ」

翻訳への取り組み方について、これ以上の正論はないと思わされる。決然としたその姿勢は、気楽な〝快楽主義〟宣言などではもちろんありえず、訳文の充実を果てしなく求めずにはいない、自己を容赦なく鞭打つ精神の現れである。もちろん、すでに単行本版の刊行に至りつくまで、訳者は徹底した彫琢の作業に身をすり減らしてきたに違いない。単行本版の「訳者あとがき」には、「二度に亘《わた》る老人性鬱病のため、仕事を中断せざるを得なくなり、時には翻訳を諦めようとしたこともあったため、全体を訳すのに十七年の時間を要してしまった」とあった。お会いするたびに石井さんのエネルギッシュな佇まいに圧倒されてきた者としては意外な一節だったが、しかしそうした精神的な苦しみの一部は、バルザックとの真剣きわまる対峙《たいじ》によってもたらされたのではなかったかと推察されるのである。

とはいえ、相手に不足なしと選び取った作家の作品の訳出に捧げられた石井さんの人生はひたむきな、充実したものだったと思う。「それは力量に余る仕事であったかもしれぬが、他方、ひそかな喜びを伴うものでもあった」と「文庫版あとがき」の最後に記しておられる。ひそかな、そして激しい喜びだったに違いない。

石井訳を読み返しながら改めて、この『艶笑滑稽譚』が擬古文体のもと、実にいきいきとしたエロスの愉しみと笑いに満ちた作品であるのに驚く。第三輯の序においてバルザックは、「喜びに馬乗り為されよ《モン ト・ジ ョ ワ》」なる言葉を肝に銘じていると述べている。これはフランス軍の闘いの際の雄たけびの文句であり、わが滑稽話集は喜びにおいても、馬乗りにおいてもフランス的なのだと作家は胸を張るのである。モント・ジョワ、これは翻訳者にとっても銘とするに足る一句ではないか。翻訳には苦行的側面もつきまとうとはいえ、しかしそれは根本的には、喜びに馬乗りする営みであり、外国語と日本語との「力一杯の抱き締め合い」にほかならない。その双方が「体を絡ませ合い乍ら、激しき希求《もとめ》に身を火照らせ、互いに愛を交し合う」光景の幻に、翻訳者という種族はとりつかれているのだ。

わがバイブル

だが、翻訳をあまりエロス的な言葉で語っていると困ったことになりそうだ。石井さんのように一人の相手のために尽くし切るという美しい例のかたわらで、一冊終わればすぐさま次の一冊へと、いかにも定見なく跳び移り、しばしばまったく関連がないように見える作家たちの作品に次々に手をそめて恥じないような者は、いかにも浮気な、道徳的に非難すべきやからとみなされかねない。

いや、それは実際、非難すべき姿勢であるのかもしれない。いつの間にか何冊も抱え込んでしまって首がまわらなくなってしまったある日、たまたま同席した人気女性翻訳家に、翻訳は一度に一冊と限るべきでしょうか、同時に複数を進行させるのはいけないことなのでしょうかと一般論を装って意見をうかがってみたことがある。仕事が溜まってしまう嘆きをともにかこちたいという下心からの質問だったのだが、彼女はすぐさま、絶対に一冊だけに絞って打ち込むべきですと答えたのだった。そのとき彼女は思いがけず、毅然とした道徳家の表情を見せたのである。

訳すときはただこの一冊だけ。それが正しいことだとぼくも心から賛成する。それなのに本道を踏みはずし、何冊もかけもちするような不実なふるまいに及ぶとは何事かと自分を叱りつけたい。パソコンのファイル内で、一年間も馬車に乗ったままになっていたネルヴァル「シルヴィ」の主人公はようやく馬車を降り、幼なじみのシルヴィと再会を果たした。とはいえ「シルヴィ」を含む散文九編と詩八編からなる『火の娘たち』の訳稿が成るまでは、まだ先が長そうだ。ウエルベックは一気に最後までいったとはいえ、これから延々と見直し作業に突入するのである。しかも秋にはジャン＝フィリップ・トゥーサンが久しぶりに来日する。それに合わせて刊行する予定の彼の小説の翻訳を完成させなければならない。さらにまだほかにも……。

非力な身で、これでは喜びに馬乗りし過ぎである。軽佻浮薄ぶりが情けない。だが同時に、翻訳は常に複数性の体験であるというおかしな実感がぼくのうちにはある。海の向こうで生まれた書物が、訳出の過程を経ることで別の言語でもう一冊増える。本が増殖するというプロセス自体が嬉しくて翻訳をやっているのである。この一人、この一冊というしばりをむしろ逸脱していくところに翻訳の領域があるとさえ強弁したい。

先日、ぼくの翻訳に親しんでくれている読者に尋ねられた。「先生にとってのバイブルは何ですか？」

答えられなかった。自分がバイブルをもたない寄る辺ない人間であることをいまさらながら認識しないわけにはいかなかった。とはいえ、バイブルとはなんぞやと若き友に反論すべきだったかもしれない。そもそも日本文化とは聖典をもたないことをその本質とする文化ではなかったか。

それは本居宣長の『古事記伝』の――山城むつみの『文学のプログラム』で教わったのだが――「書籍《フミ》てふ物は、みな異国《アダシクニ》の語にして」という言葉がずばり示しているとおりだ。もともと日本語には文字がなかった。だから「萬ノ事、かの漢文の格《サマ》のまゝになむ書キならひ来《キ》にける」というわけで、日本的エクリチュールはそれ自体が外国語体験をつきつめる中から創出されたのである。外国語と対峙し、翻《ひるがえ》って日本語に立ち戻る作業は、日本語にたえず栄養を補給し、その生命の核心を支え続けてきた。

その運動を途切れさせてはならないだろう。そう信じる自分にとって、可能なのはフランス語の本をせっせと訳すことだけである。ことによるとぼくにとっての潜在的バイブルとは、フランス語で書かれた「書籍《フミ》てふ物」すべてであるということになるのだろうか。その巨大な無限の書物のあちらを開き、こちらを開きしては潜りこみ、蜜蜂のようなせわしなさで蜜を集めては持ち帰る。そんなことを繰り返して飽きないのだ。

なぜ飽きないのかといえば、それは次なる書物に向かうそのとき、その作品を自分が本当に最後まできちんと訳すことができるのかどうか、結局のところ保証など何もないためなのかもしれない。たとえこれまで何冊も訳してきた作家であっても、うまくいくかどうかはわからない。久方ぶりのトゥーサンの原書を目の前において、約四半世紀前の夏に『浴室』を訳し始めたときの胸のときめきを思い出す。その興奮の根っこには、いま自分は翻訳家になりつつあるのだという思いがあった。あれから時間は流れたが、自分のうちに何か翻訳のノウハウやらテクニックやらがたっぷりとたくわえられたという実感は乏しい。確かなのは、原作者は確実に成長し、独白の世界を熟成させてきたということのみである。その言葉にふさわしい表情を、日本語の訳文にまとわせることができるのかどうか。一行、一行が結局は徒手空拳の挑戦であり、虚心のまねびを試みるほかはない。翻訳家とはどうやら、毎瞬刻々と翻訳家になりつつある存在なのだ。そのことの新鮮さこそが、ぼくにとっての翻訳という営みの味わいなのかもしれない。

11　AI翻訳なんか怖くない

初めての体験

前章からこの章のあいだには十年以上の月日が流れた。その隔たりがさほど意識できないのは、変わりばえのしない日常が続いているからだろう。「何しろ十年一日のごとくリードル専門の教師をしている」という『吾輩は猫である』の「苦沙弥《くしゃみ》」さんの同類だ。職場は変われど大学教師をさせてもらいながら、翻訳したり物を書いたりして過ごしている。

自転車操業が続き、後ろを振り返るという余裕がなかなか生じない。自らに問うても、この十年のあいだ、ええと、何をしていたんだっけ？　と一瞬、頭が空白になって焦る。「幻の十年」などという古い曲のタイトルを思い出す。いにしえのロック・バンド、ヤードバーズのサイケデリックな一曲。「たいして思い出すこともなし《メモリーズ・ドント・ストライク・ミー・ソー》」と歌っていた。ジミー・ペイジと、今は亡きジェフ・ベックのツインリードギターで、二人ともまだ二十代前半だったはずだが、あれは初老の境地を歌った曲だったのか？　古臭いネタばかり思い浮かぶのはまさに馬齢を重ねた証しと言えよう。

とはいえこの間《かん》、新たな体験だって重ねてきたはずである。そう、たとえば音楽だ。中年までロックばかり聞いていた人間がいまやバロック一辺倒になっているとは愉快ではないか。十七世紀初めのモンテヴェルディやコレッリから、十八世紀半ばのヘンデルやバッハまで。そのスパンにおさまるイタリアやフランスやドイツの音楽が、いまのぼくを妙《たえ》なる調べで魅了する。宗教曲であれ世俗曲であれ、片っ端から聞いて飽きることがない。まさに「沼」にずぶずぶとはまっていくばかりだ。

他方、現代世界的に広がりつつある「沼」といえばサブスクドラマだろう。日本では韓国ドラマが大人気である。個人的には、中国のドラマこそ現在、大変な充実期を迎えつつあるという確信を得るに至った。『沈黙的真相』『狂飆《きょうひょう》』『漫長的季節』といったミステリーの何という面白さだろう。あるいは『喬家的兒女』のようなたまらなく胸キュンなホームドラマもあれば、『長安二十四時』のような骨太で豪壮な時代物もある。しばしば、全三十回、四十回と続くから、それらを夢中で見るのに自分はいったいどれだけの時間を捧げているのかと思うとぞっとする。だが、もっと怖いのはうちの妻の様子だ。ドラマ好きが嵩じて中国語学習へと向かったのは偉いが、朝も晩も寸暇を惜しんで勉強し、食卓に中国語テキストを広げ、パソコンからは中国語音声が流れ続けている。その様子からは、彼女がかつてアルフレッド・ジャリについてフランス語で論文を書いていた過去はみじんもうかがえない。恐ろしいことである。中国ドラマ、ほどほどにしなければならない。

本題に戻って、翻訳の仕事のほうはどんな調子だったのか。延々と主人公を馬車に乗せたきり放置していた「シルヴィ」を含むネルヴァルの『火の娘たち』は、ともかく無事に上梓できた。『うたかたの日々』に続き、ボリス・ヴィアンの人を喰った長編『北京の秋』も翻訳した。いっぽう、十八世紀文学にも初めての挑戦を果たした。アベ・プレヴォの『マノン・レスコー』だ。翻訳は原作の書かれた時代が古ければ古いほど骨が折れるものとなる。そのことをたっぷりと実感させられた。文学史上、特筆すべき美女であるはずのマノンに関し、作中では髪や瞳の色についても、服装についても、何も具体的に記されていない。その一点だけとっても、小説の書き方として十九世紀以後とはずいぶん違うことがわかる。具体的な描写に欠けるということは、抽象の度合いが高いということだ。マノンと、彼女に魂を奪われてしまった貴族のぼんぼん息子シュヴァリエの暮らしの実体が、けっこうつかみにくい。「プレジール」という名詞が頻繁に出てくる。快楽、楽しみ、喜びということだけれど、実際には二人は何をして過ごしているのか、よくわからない。

抽象名詞を主語にした構文の多用はフランス語の特色だが、十九世紀以後に比べその度合いが一段と高い。しかし、がっちりと組み上げられた文体の堅牢さを裏切るわけにはいかないと、最初はむきになって硬い訳文を心がけた。しかし最後までいってから、あまりに取りつく島がないこちこちの日本語になってしまったことに気づいた。硬質な文体の端々に息づいている生命の息吹を封じてしまってはいけない。

たとえば冒頭のこんな一文。語り手の前には、到着したばかりの馬車が停まっている。

「つながれたままの馬は疲労と暑さで体から湯気を立てており、二台の馬車が到着したばかりであることを示していた。」

なるほど、長旅をしてきた直後の馬は、こんなふうに火照っているのだろう。その様子が、はるか三百年近くの時を隔てて感じ取れる。

ささやかな一節にすぎないが、それだけに作者の描写力が際立つ。名作は隅々まで、こうした生きた言葉から成り立っている。訳者の任務はその生命を現代の異言語に蘇らせることである。「いま、息をしている言葉で、もういちど古典を」というのが拙訳の収められたシリーズのキャッチフレーズだ。この作品の場合は「いま、湯気を立てている言葉で」と言いたいところである。原作刊行時、十八世紀の読者は「火事現場に駆けつけるごとく」この小説に群がったと同時代評にある。苦しんだあげくの拙訳『マノン・レスコー』がそこまでの反響を引き起こしたわけではないが、本人にとっては手ごたえのある初体験となった。

苦しみという概念はそれこそ、意外に抽象的なものであるのかもしれない。たとえば十数年前に医療上のオペレーションを経験した際には、未知の苦痛を味わった気がしたものだ。しかしその痛みの感覚は記憶からあらかた拭い去られている。翻訳の苦しみだってあっさり忘れてしまう。そして次なる試練に頭から突っ込んでいく。その結果、セネガル出身の新鋭、モアメド・ムブガル・サールの『人類の深奥に秘められた記憶』の翻訳に挑むようなことにもなった。

近年、フランスの新人の作品で一読、これほど胸躍る思いを味わったことはない。だからといって自分が訳していいのか。何しろ作者は三十歳という若さだ。わが恩師と呼びたい菅野昭正先生は、長きにわたり、古典から最先端の現代作品まで向かうところ敵なしの勢いで翻訳を続けられたが、あるときおっしゃっていた。自分より若い現代作家の作品は訳さないようにしてきたと。その言葉を拳拳服膺《けんけんふくよう》しているわけではないが、ぼくもこれまで、自分より年下の作家を訳したことはない。だが菅野先生は自らに課してきた禁（?）を破って、六十代半ばに至り、初めて年下の作家を訳した。ル・クレジオの『パワナ』である。その勢いに乗って、ル・クレジオの『アフリカのひと』も訳された。不肖の弟子としても、当時の先生と同じ年頃に達し、アフリカの若い作家の作品に挑んだっていいのではなかろうか。

サールの長編小説はアムステルダムからパリ、さらにはブエノスアイレスへ、そしてダカールへと舞台を変え、時代も現代から第二次大戦前までさかのぼるかと思えば、ふたたび現代に戻ってくる。展開のダイナミックさは比類がない。そして文章のはらむ熱量ときたら火傷しそうなくらいだ。若気の至りすれすれの、怖いもの知らずの饒舌な語り口のうちに、植民地問題や、ナチスの脅威や、ラテンアメリカ文学へのオマージュや、宿命的な男女・親子の関係がてんこ盛り状態になっている。野球の試合を見に行った「ハルキ・ムラカミ」が、白球の軌跡を目で追っていたそのとき、自分は作家になるという「文学的啓示」を受けたなどという挿話も出てくる。一瞬たりと退屈させない。

作者は母国セネガルの風物や言い回しを作中に取り込んでもいて、料理の名前一つにしてもよくわからないものが出てくる。思いあまってセネガル大使館にメールして教えを乞うたりした。そもそも作者の名前 Mohamed のカタカナ表記はどうすべきか？　フランス語読みならば「モアメド」だが、セネガルでは「モハメド」なのでは？　これはもうご本人の判断を仰ぐしかなく、エージェント経由でお伺いを立てて「モアメド」となった。

いかにも苦労が多い仕事だったように聞こえるかもしれないが、わくわくと楽しかったという思い出しか残っていない。四百字詰原稿用紙換算で約千二百枚の最後の一文を興奮のうちに訳し終えた。もちろん、そこからまだ長い推敲の作業を経なければならなかったのだけれど。

本が出たのは二〇二三年十月末。菅野先生がご健在だったら、この分厚い小説をきっとぺろりと読んでくださったにちがいないと信じる。だが同年三月、先生は九十三年の生涯を閉じられた。亡くなる直前まで、机に向かってマラルメ論を執筆なさっていたという。

最短距離を飛べ

あれこれ苦労したことの記憶などは、あたかも、浜辺の砂の上に描かれた模様が波で消えていくように消えるに任せればいい。とはいえCovid-19によって日常が麻痺させられたあの期間の言いようのない不安は、さすがに忘れるわけにはいかない。道で人とすれ違うことにさえ不快感を覚え、ひたすら家にこもりながら、「対面」のコミュニケーションが奪われた状態に深く心を傷つけられたようなあの日々。うちの息子は大学に入学したばかりだったが、入学式が中止になったのち、いっさいキャンパスに入れない期間が延々と続いた。青春を満喫できるはずの時期に、まるで三年寝太郎みたいに毎日ごろごろ寝ている。その様子を目の当たりにしながら、励ます手立ても見出せないままだった。

そのころ久しぶりに読み返して心を打たれたのが、サン＝テグジュペリの作品だった。『星の王子さま』もそうだけれど、サン＝テグジュペリといえば、果てしなく広がる夜空や砂漠のただなかでの孤独の描写に特色がある。ウィルス蔓延下の日々、『夜間飛行』の闇の深さや星々の輝きが身に沁みる気がした。以前、ぼくが『星の王子さま』を『ちいさな王子』の題で訳したことを覚えていた旧知の編集者が、『夜間飛行』も読んでみたいと言ってくれた。その言葉を思い起こしながら、つれづれなるままに『夜間飛行』を訳し始めた。自分ひとりのための夜の旅だった。

サン＝テグジュペリも、ぼくにとっては堀口大學の翻訳で出会った作家である。中学か高校のころに読んだ『夜間飛行』のあとがきの紹介文はくっきりと脳裏に刻まれている。

「サン＝テグジュペリは、パリでは容易につかまらない。理由は、すでに二十年来、彼が時々、地球に着陸するにすぎないからだ。彼の時間の大部分は、北斗と射手《いて》座の間のお百度に費やされる。」

これを読んで、そんな作家がいるのかと素直にびっくりしたものだ。「時々、地球に着陸するにすぎない」とはさすがに誇張だろう。しかし飛行機の定期路線開拓がそのまま宇宙飛行のイメージにつながっていくようなサン＝テグジュペリの作品世界にはぴったりのキャッチフレーズだ。そしてまた、「お百度」には驚かされる（フランス人も百度まいりをするのか！）。この言い方は大學訳の『人間の土地』の本文に出てくる。

「こうしてぼくらが厳粛な気持ちで、北斗星と射手座のあいだで行きつ戻りつお百度を踏んでいる時も時、折悪《おりあ》しく（……）」

こういういわば〝日本語丸出し〟の訳語の使用に、眉をひそめる向きもあるかもしれないが、いにしえの名訳を再読するときには、それが懐かしい、よき味わいになっている場合も多い。とはいえ、「新訳」と銘打つ場合にはそのひそみに倣《なら》うことはむずかしくなる。

疫病が落ち着いたころ、くだんの編集者と久しぶりに連絡がついた。『夜間飛行』を訳してしまった旨伝えると喜んでくれて、それなら『人間の土地』もいかがでしょうと、もうひと頑張りを促された。あわせて文庫で一冊というのは、読者からしてみれば嬉しいカップリングではないだろうか。大學は『夜間飛行』を『南方郵便機』という、サン＝テグジュペリの小説第一作と組みあわせて一冊にしている。習作らしさを残すいかにも初々しい『南方郵便機』もいいのだが、『夜間飛行』＋『人間の大地』（と改題したい）であれば、まさにサン＝テグジュペリの重要作揃い踏みとなる。

もちろん、いずれの作品についても大學を先頭に、その後幾人もの訳者たちによる訳業が存在する。それでもなお、新たに挑む意味はあるとつい思ってしまうのは、生来おっちょこちょいというか向う見ずな人間だからなのだろう。ぼくのアイデアは、Le Petit Prince は『星の王子さま』とせずとも『ちいさな王子』でよかろうという感覚の延長線上にある。つまり、サン＝テグジュペリの邦訳は、ひょっとすると甘味を増量し美感に訴えた訳文になりがちなのではないか。読者のためにと言葉を加えていくと、結果的に文体の核心がぼやけかねない。

ではその核心とは何か。それは彼自身が作中で繰り返し語っていることだ。つまり、飛行機乗りの言葉ということである。初めて人間が空を飛び始めたころのパイオニアたちは、まさにのちの宇宙飛行士にも擬すべき前人未踏の体験を積み重ねていたわけだ。装備も乏しく機体も脆かったから、飛行には危険がつきまとった。命を懸けた冒険の連続に身をさらす彼らにとって、行動こそがすべてである。

『夜間飛行』に出てくる操縦士は、困難な飛行から戻って飛行場に下り立ったとき、仲間たちにフライト中のできごとを語って聞かせたいと思う。だが結局、彼が口にするのは、

「いや、まったく」

という一言だけなのだ。飛行機乗りたちに似合うのは飾り気のない朴訥さである。大空に挑む者同士、余計な言葉など無用だ。そもそも彼らを突き動かしているのは、『人間の大地』によれば「飛行への説明のつかない愛」なのだから、説明など試みてもむなしい。気持ちを互いにわかりあっている者同士はじつに「寡黙」なのだ。それは彼らの「同士愛」のあかしでもある。むろん、そんな彼らの経験を一般読者に向けて書こうとするサン＝テグジュペリの営みは矛盾やジレンマをはらむ。とはいえ雄弁とは無縁の飛行機乗りたちの言葉を裏切るまいとする姿勢は、サン＝テグジュペリの文章において一貫している。

飛行機が人類にもたらしたのは、これまで地上の道がとかくそうだったような、くねくねと曲がる道ではない。一つの地点ともう一つの地点を直線で結ぶ道だとサン＝

テグジュペリは述べている。翻訳も最短距離をめざすべきである。それこそはサン＝テグジュペリの文学の硬質の美を伝える道だと考えて翻訳に取りかかった。開始早々、例のくだりにさしかかった。「お百度」は諦め、「大熊座と射手座のあいだを往来して」云々とあっさりすませつつ、遥かなる大學先生に挨拶を送った。

ちいさな王子たち

問題を直視するのはいつだって厄介なことである。論文や評論などでも、扱うべきテーマの周辺ばかり回って、なかなか「本陣」に攻め込めないというパターンに陥りやすいものだ。正門からまっすぐ入っていけばいいのだけれど、気負いすぎたり臆したり。翻訳の場合も、こなれた表現ばかり探すのではなく、原文を真正直に写す＝移すストレートさを忘れたくない。

たとえば『人間の大地』を読んでいて最も引きつけられる、墜落事故ののち砂漠を延々とさまよう場面。どこかに人はいないか、集落はないか。何のあてもないまま、サン＝テグジュペリと機関士プレヴォの二人は、食べ物も飲み水もなしに、三日間で百八十キロ以上も歩き続けた。救いは太陽の照りつける日中、多少の風が吹いていることで、それが彼らの「蒸発」を遅らせている。とはいえもはや「わたし自身も砂と化し、自分の中のすべてが消え失せた」。夜になるとその風が俄然強まり、気温は急降下する。「砂漠には隠れ場などないことがわかる……。砂漠は大理石のようにつるつるだ。」二人は「吹きさらし」の状態で「氷の鞭」のもとにさらされる。「力も尽き、刺客から逃れられず、頭を抱えて剣の下にひざまずく！」

ご覧のとおり、砂漠のまっただなかに放り出されて以後の刻々の経験を、作者は現在形で記している。事後的に、時間を隔てて反省するスタイルを取るのではなく、距離を置かずに綴ることで、読者にもその経験をわが身に迫るものとして感じ止めてもらいたいのだろう。そう思えばいっそう、迫真の直訳を旨としたいところだ。

歩いても歩いても、砂漠に人影はなく、眼前には蜃気楼ばかりが現れ出て惑わされる。「いやはや、この惑星には人間が住んでいるはずなんだが……」。サン＝テグジュペリは焦燥と苛立ちをぶつけるかのように叫ぶ。大學訳を引用しよう。

「「――おおい！　人間ども！……」

ぼくは声を嗄《か》らす。ぼくにはもう声が出ない。ぼくは、こんなに叫んでいる自分をばからしく感じる……。ぼくは、もう一度叫ぶ、

「――人間ども！」

それは、大げさな、きざな響きを立てる。

さて、ぼくは引き返す。」

「ぼく」が多い気がするが、代名詞の〝直訳〟が独特の面白味につながっているのは、大學訳に親しんだ読者であればご存じのとおりである。文句はないのだが、「人間ども」はさらなる直訳が可能では。

自分がサハラ砂漠の真ん中でどなっているとしたら「人間ども」や、あるいは他の訳書にある「人間たちよ」ではなくて、ただもうむやみに「人間！」「人間！」と叫びそうだ。最後の「人間」は、その呼びかけが自分の耳にも「大げさ」に聞こえるというのだから、ここだけ表記を変えてみたらどうだろうか？　以下、拙訳。

「「おーい！　人間！……」

喉がかれてくる。もう声が出ない。そんなふうに叫ぶ自分が滑稽に思える……。もう一度だけ叫んでみる。

「にんげーん！」

大げさでわざとらしく聞こえる。

そこで引き返す。」

漢字とひらがなの区別など、もちろん原文にあるはずもないのだから、「にんげーん！」はいかにも日本語限定の小細工ではある。しかしこうやると、だれにも聞き届けられることのない音声がむなしく砂漠に広がっていく感じが出るのではないか。訳者の自己満足かもしれないけれど。

砂漠での彷徨ののちに、最終章「人間たち」が来る。そのしめくくりの部分で、著者サン＝テグジュペリは「フランスから追われ」祖国ポーランドに戻る労働者たちで満員の夜行列車の車内にいる。おそらくその中には、ユダヤ人たちが多く含まれていたはずだ。やがてナチス・ドイツの侵略により、彼らは苦難の極みを味わわされることになる。その事態は『人間の大地』刊行（一九三九年二月）の七カ月後に迫っていた。疲れ切って眠り込んだ男女の姿に憐れみの視線を注ぐうち、著者はとある夫婦のあいだにいる子どもの顔に注目する。

「ああ、なんと愛らしい顔だこと！　この夫婦から、一種の黄金の果実が生まれた。ぼろ着をまとった二人から、魅力と気品の傑作が生まれたのだ。わたしはそのなめらかな額、かわいらしくとがらせた口元をのぞきこみ、こう思った。これぞ音楽家の顔、これぞ子どものモーツァルト、すばらしい人生の約束だ。まさに伝説の中のちいさな王子といったふうではないか。保護され、世話され、教養を授けられたなら、この子は何にだってなれるだろう！」（拙訳）
だがその子が今後、必要な保護や世話を受けられるとは思えない。それは「死を宣告されたモーツァルト」なのだとサン＝テグジュペリは慨嘆する。子どもを救え、人間を救えというのが、この作品が最後に発するメッセージなのである。
その子どもの顔を想像しつつ、ぼくは喜びを禁じ得なかった。『人間の大地』には『星の王子さま《プチ・プランス》』を予告する、あるいは予感させる箇所がいくつかひそんでいる。とりわけこの箇所を見よ。「伝説の中のちいさな王子《プチ・プランス》」という表現には、まさに来るべき作品の表題が含まれているではないか。わが新訳の題を『ちいさな王子』としておいてよかった。
これまた、自己満足もいいところである。翻訳者の地味で長い道のりを支えてくれるのは、そんなささやかな喜びなのだ。

こんにちは、ＡＩ！

サン＝テグジュペリの冒険の物語が終わりを迎えたのちも、翻訳の大地に行きつく果ては見えない。コロナ期間中に新たな約束をしてしまったのである。

家の近所をぐるぐる散歩するくらいしか気晴らしの手立てがない日々、イヤホンでフランス語のオーディブルを聞きながらひたすら歩いた。時間はたっぷりあるのだから大長編がいい。そこでゾラの『ルーゴン＝マッカール叢書』を耳でひもとくことにした。全二十巻の第一巻、未読だった『ルーゴン家の繁栄』を聞いてみたら、これがじつに面白い。ルイ・ナポレオンがクーデタに踏み切る時期の社会の変動を背景に、労働者の男女のいじらしい恋を描いて、何か夜明けの陽光のように力漲る筆致なのだ。これを皮切りとして、連作長編を二十年以上にわたり次々に発表していったゾラは偉大なり。

といまさらながら感嘆していたところに、かねてより世話になっている編集者からメールがあった。ゾラの『居酒屋』を訳してもらえませんかというご提言である。自分にそんな力があるのかと深く反省すべきなのに、あまりの絶妙なタイミングに嬉しくなって、まず快諾してからたっぷり苦労するといういつものパターンに、またしてもはまってしまった。古い作品は骨が折れるという『マノン・レスコー』の教訓も効き目なしだ。

それにしても、読むと訳すとでは大違い。ゾラの破格の文章に仰天しっぱなしである。『居酒屋』は「自然主義」の代表作とされている。貧しき者たちのくすんだ日常が、いささか古臭い文体でじとーっと描かれていく。つい、そんなものだと思っていませんか？

ところが、である。ゾラは当時、悪評さくさくだった印象派の画家たちをいち早く熱烈に擁護したことで知られる。それもそのはず、彼の文章には最先端の美術に比肩しうるような光と色に対する感性が、隅々にまで脈打っているのだ。

長い物語の第一章。男に逃げられ、二人の幼子を抱えて生きていかなければならなくなったジェルヴェーズは、洗濯女として働く。大きな倉庫のような共同洗濯場の描写をご一読あれ。

「乳白色の霧のように立ち込めたあたたかい湯気に、ぼやけた陽光があちこちから差していた。隅々から湯煙が立ち上っては広がり、奥のほうを青白いベールで覆っていた。石鹸の匂い、すえたような湿っぽい匂いが充満していた。洗濯台にそって女たちが列をなし、腕を肩までむき出しにし、めくり上げたスカートからは色物の長靴下やごつい編み上げ靴をのぞかせている。猛烈な勢いで洗濯物を叩きながら、笑ったり、騒音に負けじと体をそらせて何か叫んだり、たらいの底にかがみこんだりしている。女たちはみだらで、乱暴で、不格好で、にわか雨に降られたみたいに赤らんだ肌から湯気を立てていた。」

一部はしょってご覧いただいたが、『マノン・レスコー』の素朴な湯気に比べて、湯気のオーケストレーションといいたいような広がりのある描写になっていることがおわかりいただけるだろう。乳白色を始め、青白かったり赤らんでいたりと、対象は鮮やかな色彩のもとにとらえられている。しかも女たちの肉体はしどけなくも力に満ちて、いまにも何か大変な動きが巻き起こりそうだ。実際、この直後に、小説はジェルヴェーズと敵役の女とがくんずほぐれつする、女子プロレス的一大格闘場面へと突入する。

とはいうものの、十九世紀小説はやはり文章が長くて重い。風通しよく訳すのは骨が折れる。しかもゾラには、庶民の言葉をそのまま小説に持ち込んだ言語改革者としての一面もある。のちにセリーヌが彼を手本と仰いだほどで、登場する労働者たちの言葉には辞書や解説書に載っていないような卑語が次々に顔を出す。また、ポリティカル・コレクトネスを意識すべき二十一世紀の訳者のことなどおかまいなしに、差別的表現も飛び出してくる。

ひいひい言いながら、しかしフランス小説最高のヒロインの一人であるに違いないジェルヴェーズへの忠誠を誓ったのだからと自分を励まし、彼女の悲劇的運命のゆくえを訳し続けていく。

フランス語原文で最後まであと百ページというところまで辿り着きながらも、他の仕事に圧迫されて停滞が著しい。そこでふと思った。二十一世紀のいま、世の話題はＡＩでもちきりである。なぜ翻訳にもその助けを借りないのか？　英語では、かなり実用性が高まっているというではないか。そこでDeepLのアプリをパソコンに仕込んで、試しにフランス語原文をワンフレーズ入れてみた。

愛しのジェルヴェーズは、洗濯女から身を起こして立派なクリーニング店を構えるまでになったものの、あえなく没落。いまは一介の掃除婦となって日銭を稼ぐのに汲々としている。そんな彼女の様子を、DeepLの訳文で見てみよう。

「彼女はポカリ水に慣れており、毎回30スーを稼いでいた。」

軽い衝撃を覚える。十九世紀フランスに、現代日本のスポーツドリンクのようなものが存在したのか？　こちらで用意した訳は「灰汁《あく》洗いなら心得たもので、彼女は毎回三十スーを稼いだ」というものなのだが。しかし、うっすらと合っているところもある。どんどん原文を放り込んでみると、さらに衝撃的な訳文が返ってくる。ジェルヴェーズを虐げる女、ヴィルジニーの夫についての描写だ。立派なひげを生やした亭主である。

「夫が頭を上げると、帝王切開の赤い口ひげが土気色の顔の中に生えていた。」

凡人なら「皇帝《カイザー》ひげ」と訳すところ、物凄い訳語を選択したものだ。

そんなふうにDeepLの訳文をあげつらうのは、決してネガティヴな気持ちからではない。小心な訳者には思いもつかない大胆な言語実験の成果に目を瞠っているのである。これだけシュールな展開を見せるのは、そもそもゾラの原文に潜んでいるシュールな要素を掘り起こしたのだとも言える。

そういえば、昭和の時代、文学全集収録の『居酒屋』の翻訳には、こんな表現があった。工場での仕事をさぼって酒を飲んでいる労働者たちの姿を見ての、ジェルヴェーズのせりふである。

「「まあ、どうでしょう！　あの三人づれの男たち、手に大変な毛をはやしているわよ！」と彼女がささやいた。」

超現実的とまではいわずとも、かなり驚くべき表現ではなかろうか。印象派の画家が描いたらどうなっただろう。しかし「手のひらに毛が生える」とは、じつは「怠けている」という意味の慣用表現なのである。かつての仏和辞書にはその記載がなくて、訳者は文字どおりの意味で剛毛（?）な男たちのことだと思ったのかもしれない。

そうした情報の不足に、ＡＩもいま悩んでいるところなのだろう。突拍子もない訳文の多くはそれで説明がつく。しかし短い文章、平易な構文については別段問題のない訳を提示してくれる（こともある）。助手としての採用を検討してもいいのではないか。

思えばこれまで、共訳という場合を除けば、ほぼつねに一人で何もかも背負って翻訳にいそしんできたのである。これはあまりに原始的というか、効率の悪い仕事のやり方だった。いったん訳稿を提出したのちは編集者と校正者が親身になって面倒を見てくれるにせよ、問題はそれ以前の基礎作業である。

フランス料理のレストランだったらと考えてみよう。フルコースの料理を供するとき、ジャガイモの皮むきやタマネギのみじん切り等々は見習いがやるのでは？　シェフはもっと先の方の、味付け部分に手腕をふるうものと想像される。もちろんワンオペで見事な味を生み出す町の食堂の名コックも多々存在する。しかし大長編をゼロから一字一句、すべて自力で訳していくなどというのは、もはや、進歩に背を向ける頑迷さの表れでしかないのかもしれない。

古来、翻訳業界には、大家が弟子に「下訳」をさせるというならわしがあったとも聞く。そんな偉そうなことをする気にはなれず、個人商店的に細々とやってきたが、ＡＩに下訳をさせてそれに朱を入れるという構えもありうるのでは。ゾラを相手の格闘にあたって、残りの百ページは、そういう具合にＡＩ翻訳に下準備をしてもらうやり方を試みてみようか。邪道かもしれないけれど。

かつて高校生のころ、クイーンが人気を博し始めたときの記憶がよみがえる。ブリティッシュロックの本道を継ぐいいバンドが出てきたと、とりわけセカンドアルバムに夢中になったのだが、ＬＰのジャケットの隅にひとこと注記されていた。「ノー・シンセサイザーズ！」。シンセサイザーなどという小道具は使わず、ブライアン・メイ自らのお手製エレキギターだけで「本物」のサウンドを出しているんだよというメッセージとこちらは受け止め、気骨あるバンドだとの思いを深めたのだった。その伝でいけば将来、翻訳書には「ノー・ＡＩ翻訳！」の表記を付したものが現れるかもしれない。

あるいは逆に、ＡＩ翻訳の能力が格段にあがってきたなら、人間の役割は「監訳」に絞られていくかもしれない。翻訳の過程の最後に登場して味見をし、調味料を加減するような役割だろうか。だが、そこまでくればもう、「監訳者」が介入する必要もなくなりそうだ。翻訳者なる存在は姿を消し、ＡＩ翻訳は世界中の人々の暮らしにまんべんなく溶け込み、翻訳という意識さえなくなる。

バベルの塔建設によってもたらされた、言語の複数化という呪いから人類がついに解放される日が来るのだとしたら、喜んでその日を迎えようではないか。言葉の壁が消え去る奇跡的事態を前にして、翻訳者の消失を嘆くにはあたらない。とはいえ、その日はおそらく来ないという確信も揺るがないのだ。ＡＩがどんなに正確な答えを出してきても、それをいじくりたくなるのが人間である。そもそも言葉とはその本性上、終わりがないものだ。たえず言い換え、解釈し直す営みをとおしてのみ言葉は生き続けるのである。人間がいなくならないかぎり、その運動が止まることはないはずだ。

こちらがやや切ない思いでそんな物思いにふけっているかたわらで、DeepL はさらにまた、あまりに奔放な訳文を提示してくれている。

『居酒屋』の先ほどに続く部分。生活の苦労に耐えきれず、酒浸りになってしまったジェルヴェーズをめぐる一文だ。

「トウガラシパンティーを悲しみのせいにするのは、前にも見たことがある。」

そんなものを前に見たことがありますか？　どうやら、「ぐでんぐでんになる」というゾラの原文の俗語表現が「トウガラシパンティー」に変換された模様だ。たしかに、泥酔のあげくそういうような代物を頭からかぶるといったマンガやコントの情景が思い浮かばないこともないが……。

現在のところ、少なくともフランスの十九世紀の名作を訳す局面において、ＡＩはいわば泥酔したような足どりを見せており、手助けをしてくれるという以上に、こちらが介抱しなければならない場面が多すぎる。だが、その性能の進歩は人間の予想をはるかに超えるものであるらしい。ＡＩが驚異の成長によってわれわれを「監訳者」の立場に祭り上げてくれるようになるまで、温かい目で成長を見守ることにしよう。

あとがき

翻訳書にほぼ必ず「訳者あとがき」がつくのは日本独特の慣習である。そしてそれはとてもありがたい慣習だと思うのである。読者にとって、原作や原作者についてプラスアルファの情報が得られるというだけではない。訳者にとっても、ここで初めて舞台に上ってみなさま方にあいさつする機会を与えられるような喜びがある。それはまた、原著の意義を改めて考え、その特質を振り返ってみるための場ともなる。単に訳しっぱなしにしてしまうのではなく、原作と自分の関係に一応ひと区切りをつけるための大切なモーメントなのである。

ぼく自身、これまで何度も何度も訳者あとがきを書いてきた。ただしその内容に関して、忸怩《じくじ》たる思いが残ることも多い。毎回、あとがきを書かせてもらえることに感謝しながら一生懸命書く。その結果、どうも力が入りすぎる。自分が訳した作品の面白さ、ユニークさを理解してもらいたくて言葉が過熱気味になり、プレゼンテーションがしつこくなる。要点だけ淡々とつづればいいのに、押しつけがましくなる。わかってはいても、また同じ轍《てつ》を踏んでしまう。読者にはぜひとも、訳者と同じくらいこの本を気に入ってもらいたい。そういうやや独りよがりな思いが前面に出てしまうのである。

ほかの人たちの訳書を見て、いかにもさらりと書かれたあとがきに出会うと、エレガントだなあと嘆息する。粋なあとがきの代表として心に刻まれているのは、岩波文庫のアンドレ・ジイド『法王庁の抜け穴』、石川淳訳である。一九七〇年、第十七刷改訳にあたって付されたあとがきはわずか二ページ。三段落からなる全文の最後の部分がいい。

「『法王庁の抜け穴』はひとがたのしんで読むことのできる小説である。ちかごろ日本の小説では、一つの傾向として、すくなくとも表現上どうやら堅くなりがちの気味が見える。それにはそれなりの理屈はあるだろうが、すべての理屈に反して、小説の世界は窮屈な印象をあたえるべきものではない。ジイドさんもどちらかといえば堅いほうのひとだが、この作品は堅きに偏さない。理屈の中のユトリ。ときに笑いをさそうようなユトリがなくては、理屈もまた完全にはひとを納得させることができないだろう。これはときどきおもい出してもよい小説の論理である。

御年七十を越えた石川淳の、実に颯爽たる文章ではないか。ここに鮮やかに述べられた小説の論理のことは、初めて読んだ高校生のころからたびたび思い返している。「理屈の中のユトリ」という教えがあまり印象深いせいで、肝心の「ジイドさん」の小説の記憶が薄れてしまったのはいささか問題かもしれないが、こんなふうにユトリある終わり方で訳書を締めくくりたいものだ。

本書の場合はぼく自身の本なのだから、それこそ、あっさりと終わってしまっていいのである。しかしここでもう少しだけ、お付き合い願いたい。最後にぜひ触れておきたい作品があるのだ。佐川光晴氏の『おかえり、Mr.バットマン』という小説である。

主人公・山名はフリーの男性翻訳家。英語の現代小説の翻訳一本で頑張ってきたが、五十を前にしてぎっくり腰になったり右肩が上がらなくなったり、身体の衰えを意識せずにはいられない。精神的にはどうかといえば、ひたすら一人息子の成長を楽しみとして「主夫」を務めてきたのに、大学生になった息子が家を出てがっくりときている。中年の悲哀に満ちた翻訳家なのである。その英文科の学生時代からの友人で、やはり翻訳家になった親友・田中の草した「超＝翻訳家宣言」なる檄文が印象深い。「翻訳なんて、所詮は他人のフンドシを借りて相撲をとっているだけじゃないかと見くだすヤツらはあとを絶たない。けれども、いにしえの空海最澄から長谷川二葉亭や観潮楼主人、そして我らが田中小実昌までがそうであるように、散文においても詩においても、翻訳こそが常に日本語の最先端なのだ」

全国津々浦々の翻訳者たちがオオーっとどよめき、こぶしを突き上げそうな、胸のすく啖呵《たんか》である。一方、主人公・山名は田中よりは控え目な性格の好人物で、「翻訳家＝こうもり説」を胸に秘めている。「翻訳家はこうもりとして、一つの言葉だけに囚われている連中には不可能な動きで、広い世界を飛び回る」というのである。そしてこうもりのイメージが悪いなら、バットマンを名乗ったらいいではないかと考えて自らを励ます。そんな思いを、偏愛する作品の原作者に手紙で開陳したところ、共感あふれる返事をもらって思わず落涙するくだりなども、胸の熱くなる一幕である。

とりわけ印象的だったのは、山名と、ひょんなことから彼の住居に転がりこんだ世界的ベストセラーシリーズ、（ハリー・ポッターならぬ）「ヘンリー・チッパー」の作者の娘アガサとの会話のひとこまだ。母は読者に崇められ、自分は特別な人間だと思い込んでいると娘は痛烈に批判する。それにうなずきながらも山名は「もっとも、われわれ翻訳家は、誇るべきオリジナリティーを初めから持ち合わせていないわけだけど」という。するとアガサは彼をいさめていう。「そんなふうに言わないで。作家にとっても、オリジナルなのは世界のほうで、自分じゃないはずだわ」

美しい言葉である。真にオリジナルなものは「世界」だけなのかもしれない。われわれはだれしもその世界の翻訳に、自分なりのスタイルで取り組んでいるのだろう。『おかえり、Mr.バットマン』は、そんな「汎＝翻訳家宣言」ともいうべき主張につながるメッセージを秘めた小説なのである。

同時に、どうしても気弱な山名には、「主人公」の役回りを背負いきれない感じがつきまとうところが、翻訳家の限界を示すかのようで身につまされる。翻訳家は、分をわきまえなければとすぐに反省せずにはいられない。謙虚といえば立派だが、自信満々とはいきにくい存在なのだ。

『おかえり、Mr.バットマン』は、ぼくがこのエッセーを連載し始めたころ、同じ「文藝」誌上に発表されたのだった（二〇一一年秋号、のち単行本）。翻訳家の情熱と受苦をつづる拙稿と同じ号に掲載されたのは、なかなか嬉しい偶然だった。翻訳家の味方が期せずして現れたという気がした。

そんな気分を味わうことができたのも、「文藝」の高木れい子編集長が二年半にわたり誌面を提供してくださり、寛大にもまったく自由に書かせてくださったおかげである。連載中は、ちょっとマルグリット・デュラス風の――というかデュラスの『破壊しに、と彼女は言う』をもろにいただいた――「翻訳せよ、と彼らはいう」なるタイトルだったのだが、単行本にするにあたり、「文藝」編集部の渡辺真実子さんのありがたいご提案に従って改めた。渡辺さんには連載中から単行本ができあがるまでのあいだ、たえず的確な指摘と力強い励ましの言葉を頂戴し、何から何まで本当にお世話になった。そして単行本には、木村裕治さんが素晴らしい装幀を施してくださった。木村さんはぼくが最初に出した翻訳書（トゥーサン『浴室』集英社、一九九〇年）の装幀を担当してくださった方である。二十三年の月日を経て、もう一度新たなスタート地点に立てたような嬉しさを禁じえない。

以上、お世話になった皆様に心から御礼を申し上げます。

バットマンたちが気ままに飛びまわれるような空間が、これからも保たれることを願いつつ。

二〇一三年十一月十一日

野崎　歓

文庫版あとがき

本書の元となった拙著『翻訳教育』を刊行したのは、今から十一年前のことである。そのさらに昔、『赤ちゃん教育』なる本を出したことがあって、著者としてはひそかに「教育」二部作と自負していたのだが、中身はごく柔らかな、というかゆる〜いエッセイである。学術書かと思って買ったらちがうじゃないかとお怒りの向きもあったかもしれないが、幸いそんな苦情は聞こえてこなかった。ひょっとすると、読者がさほどいなかったのかもしれない。

だから、長い歳月を経たのち、ちくま文庫編集部の永田士郎さんが文庫化を申し出てくださったのは何とも嬉しい驚きだった。読み返してみると、あれこれ忘れていた事柄ばかりであるのに呆れるとともに、そこでなされている主張が、いまの自分の思いとほとんど変わっていないことにも一驚した。つい、進歩がないやつだと決めつけそうになるが、ここはまあ、自分もけっこう首尾一貫した人間なのかもしれないと考えておくことにしたい。

文庫化にあたっては、その後の十一年を一気に振り返る十一番目の章を加えるとともに、題名の変更に踏み切った。なお、翻訳「は」おわらない、であって、翻訳「が」おわらない、という焦燥を抱えた著者の日々を訴えるタイトルというわけではない点、ご理解いただければ幸いである（とはいえ、結局は同じことなのかもしれないが）。

「文藝」での連載時、および単行本刊行の際にお世話になった河出書房新社の渡辺真実子さんに、改めて御礼申し上げます。そして拙著をよみがえらせてくださった永田士郎さんに、心から感謝を捧げます。間村俊一さんに装幀を担当していただけたのも、とても嬉しいことでした。

二〇二五年三月二十五日

野崎　歓

本書は、河出書房新社より二〇一四年一月三〇日に刊行された『翻訳教育』を加筆修正したうえで、「11　ＡＩ翻訳なんか怖くない」を増補し、改題して文庫化したものです。

素粒子　ミシェル・ウエルベック　野崎歓訳
人類の孤独の極北にゆらめく絶望的な愛——二人の異父兄弟の人生をたどり、希薄で怠惰な現代の一面を描き上げた、鬼才ウエルベックの衝撃作。

地図と領土　ミシェル・ウエルベック　野崎歓訳
孤独な天才芸術家ジェドは、世捨て人作家ウエルベックと出会い友情を育むが、作家は何者かに惨殺される——。最高傑作と名高いゴンクール賞受賞作。

競売ナンバー49の叫び　トマス・ピンチョン　志村正雄訳
「謎の巨匠」の暗喩に満ちた迷宮世界。突然、大富豪の遺言管理執行人に指名された主人公エディパの物語。郵便ラッパとは？　（巽孝之）

スロー・ラーナー［新装版］　トマス・ピンチョン　志村正雄訳
著者自身がまとめた初期短篇集。「謎の巨匠」がみずからの作家生活を回顧する序文を付した話題作。驚異に満ちた世界。　（高橋源一郎、宮沢章夫）

エレンディラ　G・ガルシア＝マルケス　鼓直／木村榮一訳
大人のための残酷物語として書かれたといわれる中・短篇。「孤独と死」をモチーフに、大著『族長の秋』につらなるマルケスの真価を発揮した作品集。

氷　アンナ・カヴァン　山田和子訳
氷が全世界を覆いつくそうとしていた。私は少女の行方を必死に探し求める。恐ろしくも美しい終末のヴィジョンで読者を魅了した伝説的名作。

アサイラム・ピース　アンナ・カヴァン　山田和子訳
出口なしの閉塞感と絶対の孤独、謎と不条理に満ちた世界を先鋭的スタイルで描き、作家アンナ・カヴァンの誕生を告げた最初の傑作。　（皆川博子）

オーランドー　ヴァージニア・ウルフ　杉山洋子訳
エリザベス女王お気に入りの美少年オーランドー、ある日目をさますと女になっていた——4世紀を駆ける万華鏡ファンタジー。　（小谷真理）

昔も今も　サマセット・モーム　天野隆司訳
16世紀初頭のイタリアを背景に、「君主論」につながるチェーザレ・ボルジアとの出会いを描き、「政治人間」の生態を浮彫りにした歴史小説の傑作。

コスモポリタンズ　サマセット・モーム　龍口直太郎訳
舞台はヨーロッパ、アジア、南島から日本まで。故国を去って異郷に住む〝国際人〟の日常にひそむ事件のかずかず。珠玉の小品30篇。　（小池滋）

バベットの晩餐会　I・ディーネセン　桝田啓介訳

バベットが祝宴に用意した料理とは……。一九八七年アカデミー賞外国語映画賞受賞作の原作と遺作「エーレンガート」を収録。（田中優子）

ヘミングウェイ短篇集　アーネスト・ヘミングウェイ　西崎憲編訳

ヘミングウェイは弱く寂しい男たち、冷静で寛大な女たちを登場させ「人間であることの孤独」を描く。繊細で切れ味鋭い14の短篇を新訳で贈る。

カポーティ短篇集　T・カポーティ　河野一郎編訳

妻をなくした中年男の一日を、一抹の悲哀をこめ、ややユーモラスに描いた本邦初訳の「楽園の小道」他、選びぬかれた11篇。文庫オリジナル。

フラナリー・オコナー全短篇（上・下）　フラナリー・オコナー　横山貞子訳

キリスト教を下敷きに、残酷さとユーモアのまじりあう独特の世界を描いた第一短篇集『善人はなかなかいない』を収録。個人全訳。（蜂飼耳）

動物農場　ジョージ・オーウェル　開高健訳

自由と平等を旗印に、いつのまにか全体主義や恐怖政治が社会を覆っていく様を痛烈に描き出す。『一九八四年』と並ぶＧ・オーウェルの代表作。

パルプ　チャールズ・ブコウスキー　柴田元幸訳

人生に見放され、酒と女に取り憑かれた超ダメ探偵が次々と奇妙な事件に巻き込まれる。伝説的カルト作家の遺作、待望の復刊！（東山彰良）

ありきたりの狂気の物語　チャールズ・ブコウスキー　青野聰訳

すべてに見放されたサイテーな毎日。その一瞬の狂った輝きを切り取る、伝説的カルト作家の愛と笑いと哀しみに満ちた異色短篇集。（戌井昭人）

死の舞踏　スティーヴン・キング　安野玲訳

帝王キングがあらゆるメディアのホラーについて圧倒的な熱量で語り尽くす伝説のエッセイ。「２０１０年版へのまえがき」を付した完全版。（町山智浩）

スターメイカー　オラフ・ステープルドン　浜口稔訳

宇宙の発生から滅亡までを壮大なスケールで描いた幻想の宇宙誌。１９３７年の発表以来、各方面に多大な影響を与えてきたＳＦの古典を全面改訳で。

トーベ・ヤンソン短篇集　トーベ・ヤンソン　冨原眞弓編訳

ムーミンの作家にとどまらないヤンソンの作品の奥行きと背景を伝える短篇のベスト・セレクション。「愛の物語」「時間の感覚」「雨」など、全20篇。

ちくま文庫

翻訳《ほんやく》はおわらない

二〇二五年五月十日　第一刷発行

著　者　野崎　歓（のざき・かん）
発行者　増田健史
発行所　株式会社　筑摩書房
　東京都台東区蔵前二―五―三　〒一一一―八七五五
　電話番号　〇三―五六八七―二六〇一（代表）
装幀者　安野光雅
印刷所　株式会社精興社
製本所　株式会社積信堂

ISBN978-4-480-44021-1　C0198